LA PROVOCATION ET AUTRES RÉCITS

挑衅

Ismail Kadaré

[阿尔巴尼亚] 伊斯梅尔·卡达莱 / 著

李焰明 / 译

南方出版传媒
花城出版社
中国·广州

图书在版编目（CIP）数据

挑衅 /（阿尔巴）伊斯梅尔·卡达莱著；李焰明译. -- 广州：花城出版社，2020.8
（蓝色东欧 / 高兴主编. 第6辑）
ISBN 978-7-5360-9190-0

Ⅰ. ①挑… Ⅱ. ①伊… ②李… Ⅲ. ①中篇小说－小说集－阿尔巴尼亚－现代②短篇小说－小说集－阿尔巴尼亚－现代 Ⅳ. ①I541.45

中国版本图书馆CIP数据核字(2020)第139592号

合同版权登记号：图字19－2017－108号
LA PROVOCATION ET AUTRES RÉCITS
Copyright © 2012, Ismail Kadare, pour la langue albanaise
Copyright © 2012, Librairie Arthème Fayard
All rights reserved

出 版 人：	肖延兵
丛书策划：	朱燕玲
出版统筹：	李倩倩　夏显夫　欧阳佳子
责任编辑：	许泽红　欧阳佳子
技术编辑：	薛伟民　凌春梅
封面供图：	子夏
装帧设计：	棱角视觉 ANGULAR VISION

书　　名	挑衅 TIAOXIN
出版发行	花城出版社 （广州市环市东路水荫路11号）
经　　销	全国新华书店
印　　刷	恒美印务（广州）有限公司 （广州南沙经济技术开发区环市大道南路334号）
开　　本	880毫米×1230毫米　32开
印　　张	6.125　2插页
字　　数	100,000字
版　　次	2020年8月第1版　2020年8月第1次印刷
定　　价	39.00元

本书中文专有出版权归花城出版社独家所有，非经本社同意不得连载、摘编或复制。
如发现印装质量问题，请直接与印刷厂联系调换。
购书热线：020－37604658　37602954
欢迎登陆花城出版社网站：http://www.fcph.com.cn

挑衅

目　　录
CONTENTS

记忆，阅读，另一种目光（总序）/ 高兴 / 1
原出版者按语 / 1
卡达莱的历史寓言（中译本前言）/ 李焰明 / 1

挑衅 / 1
阅读哈姆雷特 / 39
十二月的一个下午关于钻石的谈话 / 52
秘密报告 / 81
俄耳甫斯问题 / 108
蛇的婚礼 / 116
杀人犯的最后一个冬天 / 133
为了忘却一个女人 / 156
中国长城之双部曲 / 162

记忆，阅读，另一种目光

（总序）

高兴

昆德拉说过："人的一生注定扎根于前十年中。"我想稍稍修改一下他的说法："人的一生注定扎根于童年和少年中。"童年和少年确定内心的基调，影响一生的基本走向。

不得不承认，二十世纪五六十年代出生的人都有着不同程度的俄罗斯情结和东欧情结。这与我们的成长有关，与我们的童年、少年和青春岁月有关。而那段岁月中，电影，尤其是露天电影又有着怎样重要的影响。那时，少有的几部外国电影便是最最好看的电影，它们大多来自东欧国家，几乎吸引了所有人的目光，是我们童年的节日。在某种意义上，甚至可以说，它们还是我们的艺术启蒙和人生启蒙，构成童年最温馨、最美好和最结实的部分。

还有电影中的台词和暗号。你怎能忘记那些台词和暗号。它们已成为我们青春的经典。最最难忘的是《瓦尔特保卫萨拉热窝》。"'空气在颤抖,仿佛天空在燃烧。''是啊,暴风雨来了。'""看,这座城市,它就是瓦尔特。"简直就是诗歌。是我们接触到的最初的诗歌。那么悲壮有力的诗歌。真正有震撼力的诗歌。诗歌,就这样和英雄主义和浪漫主义,紧紧地连接在了一道。

还有那些柔情的诗歌。裴多菲,爱明内斯库,密茨凯维奇。要知道,在二十世纪七八十年代,读到他们的诗句,绝对会有触电般的感觉。而所有这一切,似乎就浓缩成了几粒种子,在内心深处生根,发芽,成长为东欧情结之树。

然而,时过境迁,我们需要重新打量"东欧"以及"东欧文学"这一概念。严格来说,"东欧"是个政治概念,也是个历史概念。过去,它主要指波兰、捷克斯洛伐克、匈牙利、罗马尼亚、保加利亚、南斯拉夫、阿尔巴尼亚七个国家。因此,在当时,"东欧文学"也就是指上述七个国家的文学。这七个国家,加上原先的东德,都曾经是以苏联为首的华沙条约组织的成员。

一九八九年底,东欧发生剧变。此后,苏联解体,华沙条约组织解散,捷克和斯洛伐克分离,南斯拉夫各共和国相继独立,所有这些都在不断改变着"东欧"这一概念。而实际情况是,波兰、捷克、匈牙利、罗马尼亚等国家甚至都不再愿意被称为东欧国家,它们更愿意被称为中欧或中南欧国家。同样,不少上述国家的作家也竭力抵制和否定这一概念。在他们看来,东欧是个高度政治化、笼统化的概念,对文学定位和评判,不太有利。这是一种微妙的姿态。在这种姿态中,民族自尊心也发挥着不可估量的作用。

但在中国,"东欧"和"东欧文学"这一概念早已深入人心,有广泛的群众和读者基础,有一定的号召力和亲和力。因此,继续使用"东欧"和"东欧文学"这一概念,我觉得无可厚非,有利于研究、译介和推广这些特定国家的文学作品。事实上,欧美一些大学、研究中心也还在继续使用这一概念。只不过，今日，当我们提到这一概念，涉及的就不仅仅是七个国家，而应该包含更多的国家：立陶宛、摩尔多瓦等独联体国家，还有波黑、克罗地亚、斯洛文尼亚、塞尔维亚、黑山等从南斯拉夫联盟独立出来的国家。我们之所以还能把它们作为一个整体来谈论，是因为它们有着太多的共同点：都是欧洲弱小国家，历史上都曾不断遭受侵略、瓜分、吞并和异族统治，都曾把民族复兴当作最高目标，都是到了十九世纪末二十世纪初才相继获得独立，或得到统一，第二次世界大战后都走过一段相同或相似的社会主义道路，一九八九年后又相继走上了资本主义发展道路。之后，又几乎都把加入北约、进入欧盟当作国家政策的重中之重。这二十年来，发展得都不太顺当，作家和文学都陷入不同程度的困境。用饱经风雨、饱经磨难来形容这些国家，十分恰当。

换一个角度，侵略，瓜分，异族统治，动荡，迁徙，这一切同时也意味着方方面面的影响和交融。甚至可以说，影响和交融，是东欧文化和文学的两个关键词。看一看布拉格吧。生长在布拉格的捷克著名小说家伊凡·克里玛，在谈到自己的城市时，有一种掩饰不住的骄傲："这是一个神秘的和令人兴奋的城市，有着数十年，甚至几个世纪生活在一起的三种文化优异的和富有刺激性的混合，从而创造了一种激发人们创造的空气，即捷克、德国和犹太文化。"①

克里玛又借用被他称作"说德语的布拉格人"乌兹迪尔的笔为我们描绘了一个形象的、感性的、有声有色的布拉格。这是一个具有超民族性的神秘世界。在这里，你很容易成为一个世界主义者。这里有幽静的小巷、热闹的夜总会、露天舞台、剧院和形形色色的小餐馆、小店铺、小咖啡屋和小酒店。还有无数学生社团和文艺沙龙。自然也有五花八门的妓院和赌场。布拉格是敞开的，是包容的，是休闲的，是艺术的，是世俗的，有时还是颓废的。

---

① 见伊凡·克里玛《布拉格精神》第44页，崔卫平译，作家出版社1998年版。

布拉格也是一个有着无数伤口的城市。战争、暴力、流亡、占领、起义、颠覆、出卖和解放充满了这个城市的历史。饱经磨难和沧桑，却依然存在，且魅力不减，用克里玛的话说，那是因为它非常结实，有罕见的从灾难中重新恢复的能力，有不屈不挠同时又灵活善变的精神。如果要用一个词来形容布拉格的话，克里玛觉得就是：悖谬。悖谬是布拉格的精神。

或许悖谬恰恰是艺术的福音，是艺术的全部深刻所在。要不然从这里怎会走出如此众多的杰出人物：德沃夏克，雅那切克，斯美塔那，哈谢克，卡夫卡，布洛德，里尔克，塞弗尔特，等等。这一大串的名字就足以让我们对这座中欧古城表示敬意。

布拉格如此，萨拉热窝、华沙、布加勒斯特、克拉科夫、布达佩斯等众多东欧城市，均如此。走进这些城市，你都会看到一道道影响和交融的影子。

在影响和交融中，确立并发出自己的声音，十分重要。不少东欧作家为此做出了开拓性和创造性的贡献。我们不妨将哈谢克和贡布罗维奇当作两个案例，稍加分析。

说到捷克作家哈谢克，我们会想起他的代表作《好兵帅克》。以往，谈论这部作品，人们往往仅仅停留于政治性评价。这不够全面，也容易流于庸俗。《好兵帅克》几乎没有什么中心情节，有的只是一堆零碎的琐事，有的只是帅克闹出的一个又一个的乱子，有的只是幽默和讽刺。可以说，幽默和讽刺是哈谢克的基本语调。正是在幽默和讽刺中，战争变成了一个喜剧大舞台，帅克变成了一个喜剧大明星，一个典型的"反英雄"。看得出，哈谢克在写帅克的时候，并没有考虑什么文学的严肃性。很大程度上，他恰恰要打破文学的严肃性和神圣感。他就想让大家哈哈一笑。至于笑过之后的感悟，那就是读者自己的事情了。这种轻松的姿态反而让他彻底放开了。借用帅克这一人物，哈谢克把皇帝、奥匈帝国、密探、将军、走狗等等统统给骂了。他骂得很过瘾，很解气，很痛快。读者，尤其是捷克读者，读得也很过瘾，很解气，很痛快。幽默和讽刺于是又变成了一件有力的武器，特别适用于捷克这么一个弱小的民族。哈谢克最大的贡献也正在于此：为捷克民族和捷克文学找到了一种声音，确立了一种传统。

而波兰作家贡布罗维奇与哈谢克不同，恰恰是以反传统而引起世人瞩目的。他坚决主张让文学独立自主。在二十世纪三四十年代，贡布罗维奇的作品在波兰文坛显得格外怪异离谱，他的文字往往夸张扭曲，人物常常是漫画式的，他们随时都受到外界的侵扰和威胁，内心充满了不安和恐惧，像一群长不大的孩子。作家并不依靠完整的故事情节，而是主要通过人物荒诞怪僻的行为，表现社会的混乱、荒谬和丑恶，表现外部世界对人性的影响和摧残，表现人类的无奈和异化以及人际关系的异常和紧张。长篇小说《费尔迪杜凯》就充分体现出了他的艺术个性和创作特色。

捷克的赫拉巴尔、昆德拉、克里玛、霍朗，波兰的米沃什、赫贝特、希姆博尔斯卡，罗马尼亚的埃里亚德、索雷斯库、齐奥朗，匈牙利的凯尔泰斯、艾什特哈兹，塞尔维亚的帕维奇、波帕，阿尔巴尼亚的卡达莱……如此具有独特风格和魅力的当代东欧作家实在是不胜枚举。

某种程度上，东欧曾经高度政治化的现实，以及多灾多难的痛苦经历，恰好为文学和文学家提供了特别的土壤。没有捷克经历，昆德拉不可能成为现在的昆德拉，不可能写出《可笑的爱》《玩笑》《不朽》和《难以承受的存在之轻》这样独特的杰作。没有波兰经历，米沃什也不可能成为我们所熟悉的将道德感同诗意紧密融合的诗歌大师。但另一方面，需要注意的是，由于语言的局限以及话语权的控制，东欧文学也极易被涂上浓郁的意识形态色彩。应该承认，恰恰是意识形态色彩成全了不少作家的声名。昆德拉如此，卡达莱如此，马内阿如此。赫尔塔·米勒亦如此。我们在阅读和研究这些作家时，需要格外地警惕。过分地强调政治性，有可能会忽略他们的艺术性和丰富性。而过分地强调艺术性，又有可能会看不到他们的政治性和复杂性。如何客观地、准确地认识和评价他们，同样需要我们的敏感和平衡。

一个美国作家，一个英国作家，或一个法国作家，在写出一部作品时，就已自然而然地拥有了世界各地广大的读者，因而，不管自觉与否，他，或她，很容易获得一种语言和心理上的优越感和骄傲感。这种感觉东欧作家难以体会。有抱负的东欧作家往往会生出一种紧迫感和危机感。他们要用尽全力将弱势转化为优势。昆德拉就反复强调，身处小国，你"要么做一个可怜的、眼光狭窄的人"，要么成为一个广闻博识的"世界性的人"。别无选择，有时，恰恰是最好的选择。因此，东欧作家大多会自觉地"同其他诗人，其他世界，和其他传统相遇"（萨拉蒙语）。昆德拉、米沃什、齐奥朗、贡布罗维奇、赫贝特、卡达莱、萨拉蒙等等东欧作家都最终成为"世界性的人"。

关注东欧文学，我们会发现，不少作家，基本上，都在出走后，都在定居那些发达国家后，才获得一定的国际声誉。贡布罗维奇、昆德拉、齐奥朗、埃里亚德、扎加耶夫斯基、米沃什、马内阿、史克沃莱茨基等等都属于这样的情形。各种各样的原因，让他们选择了出走。生活和写作环境、意识形态、文学抱负、机缘等，都有。再说，东欧国家都是小国，读者有限，天地有限。

在走和留之间，这基本上是所有东欧作家都会面临的问题。因此，我们谈论东欧文学，实际上，也就是在谈论两部分东欧文学：海外东欧文学和本土东欧文学。它们缺一不可，已成为一种事实。

在我国，东欧文学译介一直处于某种"非正常状态"。正是由于这种"非正常状态"，在很长一段岁月里，东欧文学被染上了太多的艺术之外的色彩。直至今日，东欧文学还依然更多地让人想到那些红色经典。阿尔巴尼亚的反法西斯电影，捷克作家伏契克的《绞刑架下的报告》，保加利亚的革命文学，都是典型的例子。红色经典当然是东欧文学的组成部分，这毫无疑义。我个人阅读某些红色经典作品时，曾深受感动。但需要指出的是，红色经典并不是东欧文学的全部。若认为红色经典就能代表东欧文学，那实在是种误解和误导，是对东欧文学的狭隘理解和片面认识。因此，用艺术目光重新打量、重新梳理东欧文学已成为一种必须。为了更加客观、全面地翻译和介绍东欧文学，突出东欧文学的艺术性，有必要颠覆一下这一概念。蓝色是流经东欧不少国家的多瑙河的颜色，也是大海和天空的颜色，有广阔和博大的意味。"蓝色东欧"正是旨在让读者看到另一种色彩的东欧文学，看到更加广阔和博大的东欧文学。

二〇一三年十月三十一日定稿于北京

主编简介：高兴，诗人、翻译家，一九六三年出生于江苏省吴江市。中国作家协会会员。国务院政府特殊津贴专家。现为中国社会科学院外国文学研究所研究员，《世界文学》主编。曾以作家、翻译家、外交官和访问学者身份游历过欧美数十个国家。出版过《米兰·昆德拉传》《东欧文学大花园》《布拉格，那蓝雨中的石子路》等专著和随笔集；主编过《二十世纪外国短篇小说编年·美国卷》（上、下册）、《伊凡·克里玛作品系列》（5卷）、《水怎样开始演奏》《诗歌中的诗歌》《小说中的小说》（2卷）等大型图书。主要译著有《梵高》《黛西·米勒》《雅克和他的主人》《可笑的爱》《安娜·布兰迪亚娜诗选》《我的初恋》《索雷斯库诗选》《梦幻宫殿》《托马斯·温茨洛瓦诗选》等。

原出版者按语

这本集子头四个未曾发表的故事中,有三篇是在阿尔巴尼亚政体垮台后写的,"挑衅",即这部集子的书名,则写于五十年前。

接下来的其他五个故事早先都已发表,如同偷渡客被收入《音乐会》《四月的冷花》和《被束缚的女人》小说中。这五个故事与这些小说构成一个整体,但作为独立的作品依然保持着各自的独立性。

题为"挑衅"的故事写于一九六二年。在接连遭到拒绝后,最终于一九七二年在作家协会的《十一月》杂志上刊登,但编辑部为了获得出版权作了一些修改。法文版是根据一九七二年阿尔巴尼亚出版的作者全集(二十集)翻译的。找到这篇故事的原文后,伊斯梅尔·卡达莱的阿尔巴尼亚出版商宣布出版一部对该作家的各版本进行比较研究的论著,对一九六二年至一九七二年间出版的文本所作的修改作一澄清。

卡达莱的历史寓言

(中译本前言)

李焰明

作品被译成四十五种以上的文字;

出版了六百三十七种以上含不同版本的图书;

英国、西班牙、以色列、美国、法国竞相给一个阿尔巴尼亚人颁奖或勋章,且多次被提名诺贝尔文学奖;

"文革"期间访问中国时遇见了毛泽东。

亲爱的读者:以上信息的关键句是不是让您怦然心动?

也许你想不到,尽管天才如伊斯梅尔·卡达莱,他的小说也照样会被拒之门外。《挑衅》竣稿于一九六二年,投稿无果,直到一九七二年才由作家协会的杂志《十一月》刊出,退稿的出版商也许肠子都悔青了,不曾想而今伊斯梅尔·卡达莱的作品居然这么洛阳纸贵!

《挑衅》收录九个短篇。

第一篇弗雷德·科斯图里中士所讲的故事对大多数中国读者来说,应该十分陌生。弗雷德·科斯图里本来是边防哨所的一个中士,级别不高,充其量也就是个小班长的角色。可哨所最高领导少校在挑衅中被打死了,"喂,你来指挥吧!"不知谁一句呼唤,把他推上了指挥官的位置。这个人大概天生一副军人坯子,"挑衅尚未发生,但自早晨起就嗅到了气味。每次挑衅前,我们总是突然有一种预感,而这预感总是显得有理有据"。

邻国岗哨离边界很近,仅五十步之遥。

"能清晰听见他们的留声机和士兵哇啦哇啦的叫声。他们在欢庆圣诞节,好像是在喝酒狂欢……士兵们带着姑娘隐没在矮树林里,与她们在雪中玩耍,其中一些搂搂抱抱走进中立区,就在我们边防兵的眼皮底下。这些姑娘并非都是妓女。比如上次,来的都是女大学生,隶属国防部的多个爱国社团的成员,她们被派往这里陪士兵过平安夜或其他节日。"

中士离开瞭望台,回到营地,走进棚屋,挨着噼啪作响的火炉坐下,第十次从口袋里取出最后的信使送来的一位同伴的来信,恼火地看着小信封上贴得歪歪斜斜的邮票,再次读起信,心里想着已和别人订婚了的她。

"我试图想象她和那人在一起的情形,他们微笑着坐在桌旁的样子,就像一年前我俩在一起那样。此刻,那边,一切应该和去年一样。午夜的钟声敲响十二下,也许,按照习俗,市中心会停电,仅一秒钟而已;可我们这里,一切都还一样。我们没与其他地区的电网连接,还在用油灯,哨兵手里端着烛台在门口站夜岗。我们在寒冷中倚靠着大门,这是事实。我在这里,安静的过道里,距敌人仅五十步远;而她正在某处,一个灯火通明、温暖的房间里吃喝玩乐。

"我突然对她以及所有与她共度佳节的人产生一种莫名的愤怒。

有那么一会儿，我感觉自己在探听对方门口的脚步声——门后灯火辉煌，有欢宴，玻璃杯碰撞的声音——但这并没有持续很长时间。归根到底，我明白我并不关心。"

戍边的中士，在距离五十步远的战争间隙，总是对"我并不关心"的她情不自禁。我所守望的哨所，是她和他节日欢宴觥筹交错的屏障。爱与冷漠，炉火与冰雪。隔膜与愤怒，眼前的暴雪与失衡的心灵，交互冲突、双重挣扎。为谁而战？为谁而死？

战争与女人，女人与战争。

情仇、恩怨，难解难分。

中士总是自责："她自尊心极强，当她得知我与中学同学狄亚娜·沃尔普斯保持通信联系时，我们发生了争执，随后，她给我寄来一封短信，说从此以后不再给我写信了，因为有狄亚娜·沃尔普斯给我写信，我也许就不需要她的信了，还说或许我难以维持'写信这需要付出大量时间的活动'，因为这会妨碍我履行'保卫共和国的责任'。"

"我为自己感到羞愧（我忽然被军士裹在披风里冻得僵直的躯体所触动），过了一会儿，纷乱的思绪之后，只剩下沮丧，有人将我的女友搂在怀里，而我却在远处站岗。我绝不会让自己对一个处在同样情境的人做同样的事。"

爱的挑衅，爱的赌气，爱的伤害，爱的战争。

爱是冤家，不是冤家不聚头。

"一堵雪墙将我们与我们喜爱的一切切断，与敌人在一起。如此近，同时又无限遥远。"

如此之近，同时又无限遥远，是敌人抑或女友？

战争、女人、雪花、死亡、平安夜，使这个短篇充满压抑的基调。

《阅读哈姆雷特》这篇，与第一篇完全不同调。

这篇虽名为《阅读哈姆雷特》，其实，看不出与哈姆雷特有太大关系，就像最后那篇题为《中国长城之双部曲》，其实从中几乎读不出中国长城的影子,我们中国人从来也没有想过"伟大的长城想要一个妻子"。

《阅读哈姆雷特》这篇故事的主人公"我"上小学已经有五年了,每学期"我"都自然会学到很多新的东西。

"我们觉得区别王国和共和国真不是件容易的事,尤其是在这两种制度下,我们的父母并没有任何变化,表兄亦如此。我们中的一人还提醒我们注意,房子也还是原来的房子。"

"围绕房子的讨论相当复杂。据我们从大人嘴里听说的,不仅房子是旧时代造的,而且,实事求是地说,它们中大部分甚至经历了王国的诞生。简言之,这些房子建造的年代可以追溯到更早:帝国时代。"

人是动物,是社会动物,是政治动物,也是文化动物。共和国、王国、帝国,这些抽象的概念经过孩子们的比较,得出的结论有趣:"旧房子,即帝国时代的房子,比新近建造的房子要宽敞很多,它们之间的比例如同帝国与王国面积的比例。至于共和国,打从建立起就没有盖一栋房子。"卡达莱笔下的共和国,让人想起鲁迅笔下九斤老太的口头禅:一代不如一代。历史学者型作家笔下的历史有趣而犀利,看似不经意地敷衍几笔,便呈现出历史的画面感、纵深感。历史的厚度与教科书相反,越是久远的越厚,越是现代的越薄,作者笔下的历史观厚古薄今。

"春天临近尾声的时候,这种不牢靠的平衡状态终于结束了。国家即共和国狠狠打击强盗。不但抓获了大部分强盗,还让他们戴着镣铐排成纵队在城里游街。这些人平常在丛林里,脸色黝黑,但还是被大家认出了。当人们在游街的队伍里看到我们睿智的历史老师(即那个给我们解释王国和帝国的不同以及类似无数别的事物之间的差异的人)低着头走在队伍最前面,都惊呆了。更让大家惊讶的是看到另外两位先生,其中一位除了身份是律师,还被风湿症折磨得好苦,你怎么也不会相信他能爬上屋顶。"

"一天，我听说又抓了一批强盗，其中有一个中学音乐老师，我的两个叔叔跟他常往来。强盗也许并没有被杀绝，因此某天，谁知道，他们还会出现！这个模糊的希望使我充满欢乐。我跑到叔叔家想打听更多消息，但我的希望落空了：与我期待的完全相反，这个音乐老师不像其他被抓的人，不属于强盗，而是'为英美效劳的密探'。"

谁是强盗？是那个历史老师？还是那个还被风湿症折磨得好苦的律师？"强盗也许并没有被杀绝"，野火烧不尽，春风吹又生。孩子们希望强盗还会出现，"强盗的出现让我充满欢乐"。幼小的心灵竟生出反叛萌芽。"为英美效劳的密探"与"里通外国"的罪名何其相似乃尔！

"晚饭对我来说也显得比平常更令人生厌。说的都只是些毫无意义的唠叨话，穿插其中的沉默时刻亦如此。每当听到外面有人敲门，沉默显得更加漫长。'是谢蒂诺家的！'母亲抬头说。'是梅齐尼家的！'过了一会儿她又说。即便没有人说话，也能听见'……又抓人了？'显然每人都在想着说些废话。这不是他们的错，他们很脆弱，他们没有秘密同盟，所以必然更关注琐碎的事……"

敲门，沉默，"……又抓人了！"这是那盏欧洲明灯里发生的故事？

第三篇《十二月的一个下午关于钻石的谈话》，看题目似乎没什么意思，其实，无论是从语言还是从小说结构艺术看，这一篇绝对可称得上经典中的经典！

尤其令人称绝的是小说意象的逻辑剪辑，用小说家自己的话说就是"意象彼此产生磁化效应"："不论我们愿意还是不愿意，一根看不见的线从此将我们与那两个宾客联系在一起，母女俩正开着车匆匆往这边赶路，以便准点到达。"由母女俩夜间赶路，接上月亮，由月亮联上"那些荒芜的小村庄出生的女孩们苍白的脸色"，再由"荒芜的小村庄"接上"合作社田地上空炙热的太阳的标记"，由月亮想到最适合做小提琴的"三百年的老槭树"，由月亮和小提琴又想到"受精神病困扰的杀人犯的影片"，由杀人犯想到月色中赶路可能迷路的母女俩"她们向一个警察打听情况",警察会问她们:"你们是在寻找大监狱吗?"因为请客人所住的地方原本就被称为大监狱。母女俩因此而发怒,发怒的原因是因其身份是东欧移民便过度敏感地认为警察歧视她们,由此而联想到与"一个阿尔巴尼亚妓女交谈",为移民遭遇的不公找到类似的逻辑证据。这一系列看上去杂乱的意象,在文章中被如此巧妙、如此自然地剪辑在一起。写作技术的出神入化,本已让人叹为观止,然让人更为叹服的是这几百字所承载的历史厚度和重量。把阿尔巴尼亚一九九一年以后历史巨变的沧桑和各种政治派别、不同社会地位、各种社会角色,通过一次异国宴会淋漓尽致地给描述出来了。笔触之细腻,笔力之深刻,画幅虽小,画面却波澜壮阔。真是个大笔如椽,大写意中间杂工笔,却又浑然天成。

接下来的《秘密报告》也会让你一拿起便放不下。

《秘密报告》通篇围绕着图兹老爷的旅行行程展开。图兹老爷此行的目的是什么?大概是秘密,所以,文章从头至尾其词闪烁,让人不知所云。文末提到图兹老爷勘探卡斯特利奥特墓穴,空墓穴给人以无穷退想,神父和图兹老爷关于空墓穴的对话又暗示秘密报告的秘密。

"你们所有基督教义都是建立在这个空坟之上的,"他最终说道。"没有这个故事,基督教便站不住脚。"

"基督教教义建立在我们对基督和圣洁的信仰之上,"神父回答他。

图兹老爷挤出一个微笑。

"如果基督教建立在我们所说的缺失之上,那我们力图在卡斯特利奥特的空墓上建立什么呢?"

应该拿它当小说看还是历史看,不同的人会有不同的判断。

其他如《俄耳甫斯问题》《蛇的婚礼》《杀人犯的最后一个冬天》《为了忘却一个女人》诸篇,各有各的妙绝处。至于如何妙,如何绝,还须各位读者自己细细品味。

挑　衅

> 是死了还是活着，
> 　　您在第一线
> 　　就能找到我们！

一、弗雷德·科斯图里中士

　　挑衅尚未发生，但自早晨起就嗅到了气味。每次挑衅前，我们总是突然有一种预感，而这预感总是显得有理有据。台长命令将一挺轻机枪装上子弹，以防备一切可能发生的事情。直到午饭时间，挑衅并没有发生。但我们始终相信，或者几乎认定某事将要发生。
　　下午，我登上瞭望台，问哨兵要了望远镜。阳光灿烂，可以看到远处邻国最深处。他们的岗哨离边界很近，仅五十步之遥，能清晰听见他们的留声机和士兵哇啦哇啦的叫声。他们在欢庆圣诞节，好像是在喝酒狂欢。

时而从掩体里走出一名士兵，与一位姑娘臂挽着臂一起消失在矮树林里。这是近年来第三次士兵带姑娘来过圣诞节。我们知道这很可疑，背后必然隐藏着什么。但是，眼下什么也没有发生。运载姑娘们的卡车停在斜坡上，轮胎装着防滑链条。士兵们带着姑娘们隐没在矮树林里，与她们在雪中玩耍，其中一些搂搂抱抱走进中立区，就在我们边防兵的眼皮底下。这些姑娘并非都是妓女。比如上次，来的都是女大学生，是隶属国防部的多个爱国社团的成员，她们被派到这里陪士兵过平安夜或其他节日。

我离开瞭望台，回到营地。夜晚的微风吹起，天气有些凉。我走进棚屋，挨着噼啪作响的火炉坐下，第十次从口袋里取出最后的信使送来的我的一位同伴的来信。我恼火地看着小信封上贴得歪歪斜斜的邮票，再次读起信，心里却想着别的事。这么说，她订婚了，我想。也就是说，她离开火车站售票窗口那会儿，他就已经在铁道的左边等她了（小家伙们曾打碎了那里一只落地灯，我曾在那里等她），然后两人缓步离去，消失在远处老火车头后面，那里延伸着一些无用的废弃的铁轨。

我感到沮丧。我回忆起我们最美好的时光，我们的争执,我受挫的自尊,数月无信件。我没想到事情就这样结束了:她突然订婚,我则从我最好的朋友那里收到这封邮票贴得歪歪斜斜的信。

这是自己抽自己耳光啊,我心想。你不愿认错,因而损失惨重。

太阳还没有落山就听见手枪声了。我冲向我们的武器,还没等我们走到外面,别的枪声响起,伴随着爆炸声。接下来是他们的重机枪,然后是我们的重机枪,跟去年冬天完全一样。然后,一切同过去那样进行着。这是最近以来最严重的一次挑衅。枪战持续了很长时间。我待在战壕里,这时,我听见一个声音对我喊道:

"喂,你来指挥吧!头儿被枪杀了。"

不可能,我自言自语,不,这不可能!也许他只是受伤了。总之,这只是一次常规挑衅。也许他只是受伤了,我重复道。

然而,这不是一次常规挑衅,少校真的被杀死了。

我不过是个中士而已,却担起指挥的重任,而紧急情况下只有副司令才能发号施令。枪击声伴随着夜晚持续了很久。我们将装上弹药的机枪搬到外面哨楼前,并将哨兵人数增加了一倍。

这是一个昏暗、阴森的夜晚。对面,一切戛然而止,再也听不见嘈杂声。没有吵闹声,也没有姑娘和士兵的喊叫声，只有卡车发动机低沉的隆隆声，卡车似乎正载着姑娘们离开哨所。发动机发出噼啪声，随后消失在黑夜深处，边界突然又是一片凄凉的沉寂，仿佛什么也没有发生。

我待在那个充当战壕的洞里，挨着重机枪，看着突然降临在周边的沉寂的黑夜，我无法相信那边刚刚枪声如雷，还伴随着姑娘们恐惧的惊叫声。风最后一次带来卡车沉闷的轰鸣声，能隐约看见下方某处车灯微弱的光亮。接着又是死一般的黑暗，我无法相信从此将由我担任哨所的指挥，无法相信少校的躯体正躺在哨所里，布满子弹，在油灯微弱的光下。这是自去年秋天以来哨所第一个阵亡者，四周都能感受到可怕的死亡阴影。

下雪了。我待在战壕里，身上裹着斗篷，沉浸于一种麻木不仁的状态，眼睛盯着那个感觉是敌人哨所的地方。然而，夜太深，什么都看不见。我没想什么别的，只是看着，我体味到一种从未有过的安宁。仿佛安宁和黑暗降入我脑海，如雪花那样。也许这是因为错已造成，死亡已经在场，就在上方，我们的哨所里，微弱的灯光下，就在对着黑色听筒不停重复"喂，喂"的无线电话务员的身旁；也许这是因为别的什么都不会再发生。

雪还在下，密集且成毡状，这时，敌人哨所内部突然闪现一道微光。他们大概要为不小心暴露了灯光而担忧了,我想。虽下着鹅毛大雪,整个夜晚,小灯穿越黑暗依然亮着。

黎明时分,雪还在下,我穿过行李寄存处去休息一会儿,没有脱制服。

我很快就醒来了,我透过窗户看见硕大的雪花平静地飘扬着,突然,一切又清晰地回到我脑海。早晨,天气阴沉,天空很低,好像马上就要落到地面摔碎。守夜的哨兵躺在床上打盹,炉膛里的火噼啪作响,我闻到了熟悉的烤面包的气味。其他士兵醒来,悄然无声地在宿舍、过道和屋外来回走动。过道的油灯亮着,因为天色阴暗,少校的尸体就横在过道中间,在他那件斗篷的覆盖下。医生躺在尸体旁,他两天前到这里,是来给我们接种疫苗的。

"喂,喂……"过道尽头,无线电话务员压低嗓音不停地重复道。我下了命令,然后坐在死者旁边的凳子上。我吸着烟,看着两个士兵将重机枪搬回屋里并掸去轮子上的雪。我思绪混乱,头脑迟钝。我们三次接到电话,说运载少校的尸体和医生的车已经出发,或许晚上才能到,因为路况不好,且我们所处的地方海拔高达两千五百米。

白天的时光就这样在安静而无聊的气氛中消磨。雪一刻不停地下着,厚度快要超过成年人的身高了。士兵们继续清扫积雪,从哨所直到瞭望台和警卫塔之间挖了一条深沟。

另一边则是乏味的安静。只有那一动不动坚守岗位的观测员,不时小口呷着某种东西。

下午起了风暴。一切变得昏暗,没有时钟的话,我们根本无法辨认出真正的夜晚降临。有人电话通知我们,因道路被雪封住,汽车折回了。这我早预料到了。我们在最偏僻的岗哨,这在冬天很常见。最糟糕的是,夜里停电了。可能是某处的电线在风暴中受损。我很担忧。这种天气,根本没法做任何修缮。电话很少出故障,但这次,不好说,因为在这样的天气,用无线电话联络几乎是不可能的。

整个夜晚,话务员对着麦克风"喂,喂"地喊,少校的尸体躺在过道里,被油灯的微光照着。另一边,又是一片沉寂;远处的小灯亮了一夜。一大早,他们在雪地里埋了一个人。电话线还是断的,显然,汽车今天不会再来了。对面也一样,没有丝毫动静。

我决定埋葬少校。哨楼前,我们挖了一个洞,将他的尸体放进结冰的地里。然后我们朝空中发射一枚子弹,用土把他盖起来并将他的军帽放在小坟丘上。

第二天,一切被雪覆盖。这天早上,雪是那么耀眼,那么洁白,显然,雪的下面不可能有污泥,更不可能有尸体。

*

这是我度过的最不寻常的平安夜。没有明信片,没有信,没有电报。我们在过道中间插了一株可怜的杉树枝,上面点缀着一些白棉花。漫天雪花将我们隔离,我们开始对这无情的、冰冷的白色灾难表示反感。但是,为了迎合传统,我们必须在新年的杉树枝上重新塑造它的形象。

士兵们顺着哨塔陆陆续续重新聚集到一起,我们在油灯的微光下喝了一点儿茴香酒。哨塔和巡逻队每两小时换人,只有医生、厨子和我一直在桌旁。我时常觉得电话会突然发出一阵震耳欲聋的铃声,打破沉寂。然而,它还是待在角落里赌气,我们看着自己的影子在墙上和天花板上移动。

时而,我又想起她来。此刻也许她正与别人欢度新年,那里一定灯火辉煌、热闹非凡,也许她是幸福的。至于医生和厨子,他们正陷入沉思,神色茫然。

医生抽着烟,一支接一支,在这个偏僻的角落,也许他正在思考那将自己与世界隔离的不幸的意外事件,而某处,他的妻子和孩子正不安地等着他。

我试图想象她和那人在一起的情形,他们微笑着坐在桌旁的样子，就像一年前我俩在一起那样。此刻，那边，一切应该和去年一样。午夜的钟声敲响十二下，也许，按照习俗，市中心会停电，仅一秒钟而已；可我们这里，一切都还一样。我们没与其他地区的电网连接，还在用油灯，哨兵手里端着烛台在门口站夜岗。我们在寒冷中倚靠着大门，这是事实。我在这里，安静的过道里，距敌人仅五十步远，而她正在某处，一个灯火通明而且温暖的房间里吃喝玩乐。我突然对她以及所有与她共度佳节的人产生一种莫名的愤怒。有那么一会儿，我感觉自己在探听对方门口的脚步声，门后灯火辉煌，有欢宴，有玻璃杯碰撞的声音，但这并没有持续很长时间。归根到底，我明白我并不是在关心她和她的那群朋友，而是在守护今天晚上欢度节日的二百多万居民，当然，顺便守护她和她的朋友，甚至是另一个人，一个陌生人，因为这毕竟也是我的职责。他到底怎么样？他真的爱她吗？或者，在这个订婚的故事中，自尊心和受到伤害的、折磨我的欲望也起了作用？她自尊心极强，当她得知我与中学同学狄亚娜·沃尔普斯保持通信联系时，我们发生了争执，随后，她给我寄来一封短信，说从此以后不再给我写信了，因为有狄亚娜·沃尔普斯给我写信；我也许就不需要她的信了，还说或许我难以维持"写信这需要付出大量时间的活动"，因为这会妨碍我履行"保卫共和国的责任"。

从她那里,我从未收到比这更尖刻的信了,当然,我回应的方式也很幼稚,我没有像对待一个任性的孩子那样向她解释,而是火上浇油,因为我觉得为自己辩护有失尊严。后来,她不再给我写信,我也不再给她写信。我了解她,知道她是想让我感到痛苦,然后向她道歉,但我万万没有想到这导致她与别人订婚。

我看着杉树树枝,心里默念了两次:瞧,你做到了,我感到痛苦,甚至悔恨,可这有什么用?我突然起了个念头:假装在上次挑衅中死去,将我的死讯写信告诉她,信封上歪歪斜斜贴着两张邮票,就像我收到的那封信一样。这种情况下,如果她的目的是让我痛苦,那么她会后悔吗?可是,纵然后悔,一切都已不可挽回,直到永远,直到永远,我重复道,但我立即想到我没有权利思考这种可能性,因为四天前我并没有被杀死。这是专门留给死人的权利。我为自己感到羞愧(我忽然被少校裹在披风里冻得僵直的躯体所触动),过了一会儿,纷乱的思绪之后,只剩下沮丧,有人将我的女友搂在怀里,而我却在远方站岗。我绝不会让自己对一个处在同样情境的人做同样的事。

不管怎么说,最好是道路早一天被封锁,我收不到这封倒霉的信,她此刻在做什么,跟谁,都无关紧要,那么我就不会在深山里感到如此孤单,院子的地下有一位我们大家敬爱的死者。当然,在很长一段时间里,他都不会腐烂,因为地面被冻住了。

我出门,缓步来到瞭望台。夜黑黢黢的。对面的士兵两个钟头都没露脸。显然,他们闭门不出,只是喝酒睡觉,甚至都不派人巡逻。他们也彻底被隔离了。

生活很奇怪,我心想。一堵雪墙将我们与我们喜爱的一切切断,与敌人在一起。如此近,同时又无限遥远。

我感到寒冷刺骨,走进屋子。医生和大厨神情痴呆,双肘撑在桌子上,一句话也不说。

*

"长官,有人举着白旗朝我们走来。"

"什么?"

我跳了起来,冲向外面,顾不上穿披风。现在是午后。中立区,一个举着白旗的男人正向我们靠近,肩上挎着枪。另有两个带着武器的人紧跟其后。其中一位肩上搭着一件白大褂,可能是护士。他们的兵员替换不到两周时间,谁是护士,我们尚不知。

我朝密使走去,他们看见了我。护士往前走一步,用阿尔巴尼亚语喊道:

"我们有个重伤员,我们治不好。我们知道你们那边有医生,我们请求援助。"

他又摇晃起手里的白旗,我立刻有一种预感:我面临一个复杂的难题,必须立刻决断。哨兵全都看向我,然后将目光朝边界的另一边投去,手指按在扳机上。我不动声色,不知道怎么回答。护士继续晃动白旗,我试图回忆起军营规定的所有条款,但在这样的情形下只是徒劳。

"我们请求你们的医疗帮助。"护士又大声喊道。

他还说了有关"日内瓦协议"之类的话,我心想:真够倒霉的!

"我们求你们了……"护士打着手势说,再次提到"日内瓦"。

日内瓦来这里做什么呀?我很纳闷。很多国际协议都是在那里,在日内瓦签署的,肯定也有一个针对此刻情形的协议。我确实在某处听说过类似的东西,那现在就去核实吧!真倒霉!我重复道。我从未想到自己某天会与某个国际协议打交道,且此协议如此不合时宜,既无条款也无协议书,而是在一亩冰冻之地由一国代表向驻扎在另一边的另一国代表大声喊叫的,听起来就像在为一群山羊讨价还价。

最终,我拿定主意,几乎气愤地喊道:

"把他带过来!"

他们商议了一下，接着护士向我们阵营发问：

"我们可以现在就带过去吗？"

"可以！"我大声回答。

他们走开了，我不太清楚自己刚才是不是犯了个错。

五分钟后，护士和一个士兵从哨所出来，抬着一个担架。他们朝我们走来，行走在雪地上的两腿发抖。当他们进入中立区时，突然一片死寂，这时，我发现敌方瞭望台顶端，机枪枪筒正对着我们这边。他们在"无人之地"停下，把担架直接放在地上。然后，从另一边返回，一动不动地站在那里，身体转向我们。

"把担架抬过来！"我对手下的两个士兵下令。

两个士兵立即走下哨所，穿过队列，进入"无人之地"时，又是一片沉寂。他俩小心翼翼地抬起担架，隔着距离，我们听见一声哀叹。当我们发现担架上部露出一缕金发时，惊呆了。发生挑衅的那天来了一群姑娘，显然，伤者便是其中的一位。

*

我从未想到有一天我们会在自己的哨所为一个外国姑娘疗伤。她伤得很重，医生好不容易才将她体内的子弹取出。

姑娘悄悄哭着，头藏在被子下面，哭声很小，若不是见她眼睛红红的，真不知道她哭过。她躺在床上，神情恍惚，眼睛一连数小时盯着整齐排列在枪架上带刺刀的武器。刺刀在微弱的灯光下闪闪发光，她的脸在幽暗的光线中显得更加苍白。

打从士兵在雪地上小心翼翼地走，将伤员抬进我们领地那刻起，我就有一种不祥的预感。我觉得这个军事担架或许是第一次载着个女人，如同某个不祥的东西进入我们的领地。当我发现露在被子外面的那缕金发时，我甚至有些后悔，差点叫起来："把她送回去，我没说可以接收女人！"但我马上又对自己说，我同意给伤员治病，也没有要求一定是个男人啊。

其实，不仅是我，当所有人发现伤员是女人的时候都惊呆了。然而，并没有发生什么离奇的事，除了二号宿舍的士兵，他们通常睡前都要讲些笑话，自从她在里面占据了一个床位后，他们便不再开玩笑了，宿舍从此一片安静。我知道让一个外国姑娘与士兵同住，这不是一件简单的事，但我相信我的人。

她是谁？从外表很难判断。她或许是一个轻浮的女子，就像一年半前那个夏天突然到来的那些姑娘，要不就是去年十二月来的某爱国机构的一位女战士。几个寒冷的日子就这样过去了。此后，夜里能听见远处狼的吼叫声，可能是狼群在山上来回奔跑。我们不断派人沿着边界巡逻，而对面的那些人都不在了，有时观察哨兵自己也离开塔楼。夜里，一片漆黑，他们仿佛都死了。然而，女伤员来的一周后，我被告知又有人带着一面白旗向边境走来。护士要求探访病人。我的脸沉了下来。一想到他们可能试图利用伤员潜入我们的哨所，我的头都要爆炸了。我想起一件事，一个家伙若无其事地在一个正在施工的房子的墙上钉了一个钉子，房子造好后住进了人，钉子上可以挂衣服的时候他却走了，这次问题更严重。然而，接纳了伤员，我没有理由拒绝护士探望其同胞的权利。没有考虑很久（护士在无人的雪地里等着呢，冷得发抖，可怜兮兮的样子），我准许他越过边界，但是，他一到我们领地，我就命令他放下武器。他将他的冲锋枪和匕首交给我们的一个士兵，然后迅速朝哨楼走去。他脸色苍白，胡子刮得不干净，他的脸上带着酒精和烦恼的痕迹。他同女伤员聊了半个钟头，然后取回冲锋枪和匕首走了。

我伸了个懒腰，回想起我们谈话的内容。

"我们完全不知道会发生挑衅，"他低声说，"当时我们正在狂欢，谁也没想到这会在圣诞节爆发。确实有两个陌生人跟姑娘们在一起，但是，说实话我们一点也没有料到。"

"他们后来怎么样了？"我问。

"一个死了,"护士答道,"就是那个走近边界,第一个朝你们哨兵开枪的那人。"

"就是第二天凌晨你们埋葬的那个人?"

"不,那是另一个。这个陌生人的躯体被装进卡车了,就是那天晚上遣送姑娘们的卡车。您记得吗?一辆深夜出发的卡车。"

"哦,记得。"

"姑娘们唉声叹气,因为她们不愿跟一具尸体旅行。"

"那另一个呢?"

"他在车前面跟司机坐一起。"

"哦。"

"别向我打听哨所的秘密。"他又说。

"我没问题,是你自己跟我说来着。"

"我没向你泄露秘密。"

"别担心,"我说,"我不会请求你告诉我一丝秘密。"

"原谅我以这种口气说话,我有妻儿。"

"放心吧,"我又对他说,"没有人要求你泄露任何秘密。"

"谢谢。"

护士还没有跨过无人之地,医生就叫我:

"听着。"他低声说。

"说吧。"

"刚走的那个人不是护士。"

"真的?"

"他要求给女伤员号脉的时候我就发现了。接着我请他帮我替伤员换药,看他的动作,我就知道他不是护士。"

"哦,那他是干什么的?"

医生耸耸肩。

我嘟嘟囔囔地骂了一通。"婊子养的",我想到这个词。

*

整个白天,她目不转睛地看着屋子尽头微微发光的枪和匕首,晚上则悄悄流泪。白天,她神情惊恐,能够持续几小时在那里呆看,也许她是想知道,这些悄无声息冰冷的武器中,哪支枪会打伤了她。夜里,枪支看不见,只有钢制的匕首立着,她则在哭泣。有时,能听见她用自己的语言说梦话,好像时而祈求,时而为自己辩护,时而抱怨,要不就是三者同时进行。

渐渐地,她的身体好转起来,用手拨开搭在苍白脸上的一绺金发,对我们微笑。

"指挥官先生。"一天她喊我,嗓音依旧。

我走过去，我们用最初级的英语交流起来，也许我和她一样，那点英语单词还是中学时代学的。

"你没睡？"我问她。

"没呢。"她回答。

"你觉得身体怎么样？"

"好多了，谢谢。"她说，我知道她是想要我为她做点什么。

"你需要我帮忙？"

"一件事，如果可以的话。"

"说吧，没问题。"

"关于床的事，"她说，"能换一下床的位置吗？"

"当然可以，"我回答说，"没有比这更简单的事了。"

"谢谢你，"她说，语气沉稳，"你知道为什么吗？"过了一会儿，她又接着说："因为那些枪：它们每时每刻在我面前，晚上我害怕。"

"我派医生过来。"我一边说，一边站起身。

我离开宿舍，回到"红色角落"。那里暖和。厨子在火炉旁逗猫，医生独自在下棋。有个士兵在角落里看书，还有两三个在准备墙报，其他人边抽烟边聊天；话务员一个人待在一旁，陷入沉思中。他是我们当中年纪最小的，最近，我觉得他总是心不在焉。

我朝棋盘俯下身试图跟随棋子走动，但徒劳。同一个问题不停地敲打着我的头颅：那姑娘为什么要换位置？我在棋盘边停留了二十分钟。黑白棋子在我眼前旋转，我仿佛从每个棋子里认出那个陌生女人。

医生结束那盘棋后，我向他示意，让他跟我走，我们在最偏僻的那个角落坐下。我跟医生一直维持着奇怪的关系。对我们来说，上级和下级的身份变得很模糊。而且，这很正常：他的级别是上尉，我只是个中士，但我是哨所所长。说实话，一开始，我以为医生难以接受这个任命，不仅因为我们的级别，而是基于他受过高等教育且比我年长这一事实，会对我的种种决定提出质疑。但事实并非如此。显然，他根本就没往这方面想。

"怎么回事？"他问我。

我看着他的眼睛。

"她要求挪一下床。她说看见武器很害怕。"

医生用手指轻轻敲了敲桌子。

"你不相信？"

"怎么说呢？"我回答，"也许，你还记得那个'护士'吗？"

"你是对的。"他说，陷入沉思。

我们待了一会儿，没有说话。

"女伤员的心愿还是应当满足：谁敢确信真相是什

么呢?"

我靠近火炉,像坐在火炉前的每个人那样,本能地将双手伸向炉火,尽管我的手已经发烫。"红色角落"里轻微的嘈杂声令人昏昏欲睡。我的目光停留在一个神情十分沮丧的待在一旁的年轻人身上。他是士兵沙可·阿里非。他神色阴郁,不时地偷看大伙正在为本周墙报忙活的那张桌子,每次看完心中都要发出一声巨大的叹息。我知道是什么让沙可·阿里非如此痛苦。每次大伙办墙报,他都跟死了人似的。他那阴沉的脸来自一种巨大的、可以说具有迷信性质的恐惧:人们把他画成漫画贴在墙上。他并没有为阻止这事发生而做点什么,只是眉头紧锁,静静地反思,直到下一期墙报贴出。我正想着打个盹儿,见他如此害怕看到那被漫画丑化了的农民独有的红润健壮的面孔,受好奇心的驱使,我走近大伙正在办报的那张桌子,当我看见谢杰芬·科拉士兵真的在给沙可·阿里非作漫画时,我差点笑出声来,这个来自都拉斯的金发小伙子负责墙报的艺术版块。

医生差不多同时闯进屋里,他狠狠地看了我一眼,意思是一切正常。

"她多大?"过了一会儿我问医生。

"十九岁。"

"她的年龄会给她带来麻烦吗?"

医生摇了摇头。

"我不这样认为。"

我们接着说了一些别的事，话务员不时向我们投来若有所思的眼神。他怎么啦？我心想。但我假装什么都没察觉，继续和医生聊天。

厨子把面包塞进烤箱后回来了，然后又坐在火炉旁跟猫玩耍起来。棋盘前，有人得意地大声呼喊："将，将死了！"沙可·阿里非到角落里一边默默地叹气，一边摇头。

外面，风暴再起。

时值下午，有人向我通报对方那护士又出现在分界线上。我立刻起身，走到门外。他一动不动，站在无人之地的边界处，冷得发抖的手挥舞着一块白布。他们部队形成了一种传统：每次遇到大雪封路，他们都不剃胡子。"护士"那黑而浓密的胡须十分显眼，看见他，你以后会把他当成任何人，而不是护士。

他看见我便又晃动那块白布，准备朝我们这边走。我拔出手枪。

"站住！"

他站在那里，惊呆了。北风凛冽地刮着。

"我来看病人，"他说，"我是护士。"

"不许看！"我喊道，把背转向他。

我们的人当中有两个处于备战状态，随时准备开枪。

"他要是再往前一步，你们就开枪！"我对他俩说。

假护士听懂了我的话，将那块布扔到雪地里，挥舞着拳头威胁我们。有那么一会儿，他的嘴唇、面颊，甚至整个脸都扭曲了，奋力地发出尽可能肮脏的字眼，最后他喊道：

"你们这些混蛋，你们想跟她睡，一个接一个，下流坯！"

他站在那里滔滔不绝地骂着，过了一会儿，显然，他也喊累了，于是返回。

"这就是他们表达的衷心感谢。"我心想。

一刻钟后，"护士"又出现了。

"你这个阿尔巴尼亚人，把我们的姑娘交出来，快点。我们需要她。喂，听着：她是我们的姑娘，得为我们服务。快把她交出来！"

他站在那儿，等待答复。

"怎么办？"我问医生。

医生摇摇头。

"这些傻瓜认为她病好了，现在可以利用她了。"

"这是我的观点。尽管如此，如果他们要她回去，我们没有理由把她留在这里。"我回答。

医生没说话。他似乎并不赞同我的观点，再说他也不想干扰我这个所长的权威。

在一个士兵的帮助下，医生小心翼翼地给病人穿上衣服，把她抬到担架上。

对面，一群留着胡子的士兵早就走到屋外，在雪中等待。他们好像都非常快乐。低俗的笑话不时传到我们耳边。一个喝得半醉的士兵哼起了小调。

医生神情厌恶地嘟嘟囔囔骂了一句。话务员看到这场景惊呆了，自言自语："发生什么事了？这怎么可能？"

士兵抬着担架缓慢走出哨所，另一边顿时安静下来。

"这些傻瓜终于明白了，"医生低声抱怨道，"他们以为她会站着走回去，跑过去搂住他们的脖子呢。"

士兵小心翼翼地在雪中前行。我们的两架机枪瞄准对面那帮军人。我们呆呆地站在那儿观看这一场景。

士兵越过边界，进入无人之地。他们小心地将担架放到雪地上，一个士兵把被子又整理了一下，然后两人回到我们的边界内。一切在极度的安静中进行，就像在一部无声电影中看到的那样。

没过一会儿，敌方的人商议起来，不时地朝担架指去。接着，他们好像并没有达成一致意见，于是相继离去，将女伤员留在原地。

"他们没把她带回去。"医生注意到了。

我耸耸肩。

"太奇怪了！"医生接着说，"这情景真难以想象：一个姑娘在两国间躺在一个担架上。我们这是怎么啦？"

情况不只是奇怪。首先它是错综复杂的。

"这姑娘正在给我们制造混乱。"我心想。

"你对此有何感想？"我问医生。

"我建议把她抬回来，"医生说，"他们离开，意思就是我们可以把她带走。"

"什么？我们成了慈善组织，或者红十字会的附属单位？"

"不管怎么说，我们不能看着她死而不管，"医生说，"这样待在外面几个小时，她会冻僵的。"

我不知如何回答。我的眼睛一直看着放在雪地上的担架，被子中间隆起，可能是膝盖的位置，我心里思量，医生说的有道理。这情况确实出乎意料。没有比这更孤独的了。

"把她留在那儿……这不人道。"医生又说。

"听着，"我朝他转过身子突然说，"你在这儿期盼什么样的人道主义啊？这里是边境，隐伏着危险的死亡之地，你竟然希望出现人道主义？在这里谈人道主义，这太沉重了,我担当不起。这就如同大海捞针!"我大声说,莫名其妙地用手指向那边雪中的担架。

医生装出一副绝望的样子。

"尽管如此,这还是不人道。"他低声说。

"你要怎么做就怎么做!"我说,把背转向他。

一刻钟后,医生在一位士兵的帮助下将女伤员抬回哨所。她在哭泣。

姑娘的状况突然好转。她从床上坐起来,手托着腮帮,朝士兵微笑。她的笑令人厌倦,捉摸不透,还是小心为好。

夜里,她和士兵们睡在同一间屋里,离他们的床仅两步之遥,她的身体温热,呈乳白色。我确信我们的士兵不会越雷池,但是这种担忧无时无刻不烦扰着我。还有一件令我头痛的事:话务员。

我好几次发现他盯着她看,她则对他微笑。她的身体好转,他则显得焦躁不安。

我拉他到一旁:

"听着,"我对他说,"实话告诉我,你为这姑娘担忧?"

"是的。"他直截了当回答。

我轻蔑地打量他一番。

"你应该感到耻辱!"我痛骂了他一番。"你是在役的共和国士兵。你怎么敢自寻烦恼，还承认是为了一个……一个……（我差点说出'妓女'这个词，但我克制住了）你怎敢这样？"

他一句话也不说，只是低下头。

"你想过没有，这样做后果是什么吗？你想过这是迈向……的第一步（我差点说"背叛"，但再一次我克制住了）。你想做什么呢？"

"我不会做什么，指挥官同志，"他提出抗议，"什么都不会做。我只是担心。"

"你担心什么？"我大声说。

突然，他的声音变得坚定。

"您听见了吗？"他说，"您听见另一边他们喊叫了吗？他们都醉了。既然她的身体好转，他们要带她回去。"

"那又怎样？"

"我不是在跟你开玩笑。她将回到他们中间。独自一人，手无寸铁。"

我发出冷笑，说：

"瞧你一个贵妇人的骑士！他们做什么与你何干？这又不是你的洋葱。这是一个外国公民，他们对她做什么我们管不着。明白吗？"

"听您的，指挥官同志！"

他想补充点什么，但我转过身，走开了。

其实，他的那番话引起了我的思考，但我立即恢复了镇定。

我是她的保姆吗？我记得在一本画报上看过一篇文章，写的是上海妓女的再教育，我差点大声笑出来。尽管如此，一丝担忧在我意识的某处翻动着。

然而，任何担忧的痕迹，不管多么微小，显然都是无用的，因为第二天她的身体状况突然恶化，只能重新卧床了。

这是自九月雨季起我们哨所死的第二个人。整个夜晚，她焦躁不安，呻吟，说胡话。她不时清清嗓子，声音变得缓慢而响亮，像是在背诵一段布满问号、没完没了的独白。

医生待在她床头。

"她怎么样？"一个夜巡返回的士兵一边卸下枪支和披风一边问。

我以为是话务员，但我弄错了。

清晨，她去世了。

医生走到我床边，告诉我一个令人吃惊的消息：

"她死了。"

我起床。过道里的油灯已熄灭，黎明十分苍白的光照在枪支和匕首上闪着微光。几名士兵（可能就是准备去跟巡逻兵换班的士兵）默默忙碌着。

　　哨所里满是热面包的味道。厨子大概把面包拉出了炉子。我下达了日常指令。一小时后，天已大亮，我们将装着死者的担架抬到屋外，朝边境走去。天空灰暗，吹着刺骨的寒风。两名士兵将担架放在无人的雪地上，我们从旁边观察了几分钟。但那边似乎只有寂静和荒芜。

　　我走近分界线，大声说：

　　"喂，你们看，那边！"

　　我的声音在某处产生回响，但没有任何反应。我又喊了几声，依然没有反应。于是我掏出手枪，朝天发射。

　　一分钟后，两名士兵走出哨所，他们睡眼蒙眬，摇摇摆摆走过来。显然，他们没有注意到担架，其中一位带着冲锋枪大声喊道：

　　"你们想干什么？"

　　"把死人抬回去！"我指着雪地上的担架喊道。

　　他们盯着无人之地看了片刻，然后返回自己的哨所。过了一会儿，几乎所有人都从哨所出来，一个接一个。他们走近分界线，我们相互对视了几分钟，挨得很近，接着，他们中的两人走进中立区，抬起担架，回到自己阵营。

天气很冷，寒风凛冽，我站在雪地里直到他们将姑娘埋葬。他们在离边界线几步远的地方，艰难地在冻结的雪地里挖了一个洞，把她埋在那里。他们中的一个人醉醺醺地来回走着，嘴里嘟嘟囔囔听不清他在说什么，其他人推了他两次，但他不想离开，继续两腿发抖，摇摇晃晃地走。雪难以清除，挖不到冻结的地面，或许他们无法掘出一个真正的坟墓，等春天来到，他们得重新埋葬她。

*

黑点在山中缓慢前进，但是中午前，它们会大大接近。

今天，整个白天对我们来说都如同节日。下午，边境另一边，黑点越来越近，好像很多。说实在的，好几次，我对他们那边如此殷勤地清除道路障碍感到震惊。通常，他们要比我们晚一天清扫道路的积雪，尽管我们这边的地势要险峻得多。一个月以来，对面的哨所上，观察哨兵第一次在他们的隐蔽处现身。我们看见他们全部剃光了胡须，洗净了军服。他们正准备迎接自己人的到来。

此刻是夜里，另一边，黑点无疑还在往这边移动，但是因为天黑看不见。黄昏时分，黑点已经十分接近，我们清晰地辨认出两辆满载军人的卡车，前面有一辆黑色推土机正在清扫积雪。显然,他们是来与现在哨所上的分遣队换岗的,否则没有任何理由派来这么多士兵。通常是每三个月换一次岗,今天正是时候。

我穿着衣服躺在床上,但我一夜未能合眼。走道和"红色角落"传来士兵的说话声和热面包的香味。今天,一切看上去都很欢乐。黑色电话机是唯一没有恢复其精神的东西。它冬眠的时间也太久了!但是明天它肯定会醒,它会发出轻快的响亮悦耳的铃声。它不停地响,我们冲向它:"喂,谁呀?是战友吗?这是 X. N. Y 哨所,我们很好,我们忠实地完成了任务……"

我听见医生低沉的嗓音,他正在同厨师说笑话,还有话务员沉着冷静的语调。我听见其他所有人在说话。他们都很快乐。他们从来没有一下子收到这么多信件!自十二月以来积累的所有信件和明信片。

他们又笑了。只有沙可·阿里非一个人躲在角落里抽烟,神情沮丧。今天早上谢杰芬·科拉终于把他的漫画贴到了墙报上。沙可·阿里非对此很生气,但是,按照他的习惯,他没有抱怨,只是让厨师传话说再也不理谢杰芬了。

黑夜中,我侧耳倾听,我听见马达的轰鸣声。显然,士兵的卡车刚刚到达另一个哨所。我想起挑衅后的第一个夜晚,我们刚埋葬完少校,待在"红色角落"。

收音机播放着通俗歌曲。有那么一刻,我好像感受到结冰的山岳后面生活如常进行着,蒸蒸日上,充满希望,而我们几乎被遗忘。可是,过了十分钟,地拉那播送新闻,当日头条消息是我国政府就二十四小时前发生的挑衅事件发表抗议书。有个秘密会议。政府公告提到了我们,我们万分惊讶,因为这是我们第一次在国际声明中被提及。

这天夜里及随后的日日夜夜,都永远刻在我的脑海里。

一些战友已经开始写信。也许我也应该给狄亚娜·沃尔普斯写一封信。我有好多事情要跟她讲。我想象她正在读我写给她的信。她睁大的眼睛,她的惊奇,她的感叹"太不可思议了!""简直不可能"(在许多词前面都加上"不"),当她读到举着一段白布的假护士,躺在两国边境没人要的姑娘等那几段描述时……

可是,这些枪声是怎么回事?哨兵大喊:"注意了!"难道又是挑衅?这是真的吗?

二、十二小时后

清扫被雪覆盖的山路的队伍迅速前进。起先很艰难,速度很慢,两次遇到树干挡路,否则二十四小时前就到达了。扫雪车和卡车马达的轰鸣声在冬天结冰的山顶上回响。

"那边这会儿应该是下午。"副指挥官说,他的军假因道路中断而延期了。

穿着夹克衫、戴着墨镜的士兵不时看向想象中的哨所方向。尽管天空被云遮蔽,雪还是很刺眼。

"他们此刻一定在用双筒望远镜观察我们,"副指挥官心想。他很了解那个弯道,车辆抵达前一进入弯道,从哨所就能看见。

整个下午,扫雪队伍还在同雪战斗,就像在噩梦中一样,睡着的时候怎么都无法前进。大约三点钟的时候,他们近在眼前了,但哨所仍然看不见,一侧山挡住了视线。

不一会儿,边境的轮廓沿着道路伸展,副指挥官发现周围的气氛如此特别。瞧,另一边,第一批外国巡逻兵。这个地方白天可是不派巡逻兵的,他本能地想道。这是一片裸地,从瞭望台很容易控制。

外国巡逻兵离边境仅两步之遥。他们停了下来,朝这边看。副指挥官通过双筒望远镜观察他们。他发现都是些陌生面孔,显然,他们是替换兵员。

更远处,另一个巡逻队。"怎么会这么集中?"他思忖。那边的面孔更加陌生。"我们的人应该听见自己马达的声音,"他自言自语。他们还是没有表示好奇。"可是他们会做什么呢?"他责问自己。瞧,我们不久以后就要到那儿了。他试图回忆起每个战友,但是有什么东西妨碍了他。

"那是他们的哨所。"他大声说。

戴着眼镜的士兵们转过脸,看向他手指的方向。瞭望台上,只见哨兵裹着皮袄,手里拿着双筒望远镜。哨兵也朝这边看着。

还是没有一个熟悉的面孔,副指挥官自言自语。可是我们的人在干什么?

"喂,这是我们的哨所,"他终于喊道,可是他把双筒望远镜对准眼睛的动作那么猛(别人都以为他打到了自己的额头),以至于割破了右眉毛。

他甚至没有感觉。几秒钟内,望远镜的镜片碎了,飞向阴云密布的天空,直到插着旗帜的哨所屋顶出现在他们的视野里。立刻,他以一个生硬的动作将双筒望远镜朝瞭望台的右边转过去。瞭望台空无一人。望远镜在他的手里颤抖。这是什么意思?

"这是什么意思?"他大声说。

他的眼睛变得模糊起来。

"怎么回事?"一个声音问道。

"哨兵在打盹。"一个也正举着望远镜观察的士兵说。

副指挥官的视觉障碍立刻消失了,他也发现瞭望台并非空无一人,而是哨兵没像往常那样站在那儿,他们坐着,胳膊肘支在栏杆上,身体微微倾斜着,看上去极其疲倦,好像……

副指挥官摘下额上的双筒望远镜走下来,挨个仔细观看小组士兵。他们的墨镜仿佛突然变大了,遮住了他们的轮廓。机械师一个接一个地熄灭他们的发动机。他们感到悲痛。

"喂,士兵同志,喂!"副指挥官双手合在嘴边大声喊道。

哨所已经很近了。他的声音传到那边,又像回声一样带着类似侧翼的东西飞回他那里。

于是他艰难地在雪中打开一条路,向哨所的方向奔去,手里拿着武器,其他人跟着他。一个士兵拿着装满信件和明信片的袋子,他突然觉得袋子沉得都难以忍受。

副指挥官继续向前跑,简直是丧失理智了。雪块发出崩裂的声音,从他脚下散开。突然,他发出了一声喊叫。他的脚碰到了轻机枪的枪管。更远处,一个身体俯卧在地上。他把他翻过身,认出是话务员。他接着往前走,他觉得雪变得阴暗起来。院子里,轻机枪旁躺着另外两具躯体。哨所的玻璃窗被击碎。稍远处，沙可·阿里非面目全非，似乎在探测天空。更远处，另一具尸体，第二具，第三具。医生像是睡着了，头枕在一条胳膊上。第一个战壕里，另外两具尸体躺着，刺刀在阳光下闪耀。弗雷德·科斯图里军士倒在门槛上，眼睛大睁着，胸腔开着一个巨大的洞。两步远的地方，是他手枪的黑斑。门槛那边，是谢杰芬·科拉，喉咙被匕首割断。再远一点，是厨子，躺在桌子上，手臂从两边悬晃着，像是要把桌子抬起来。从墙板的框子上掉下来的玻璃碎片撒落在他的身上。来自走道两端的一阵强烈的穿堂风在死者的上方吹着。

　　副指挥官脸色苍白，完全失去了理智，冲向外面，朝轻机枪的方向奔去，他推开一具尸体，疯狂地扣动扳机扫射。枪筒仍然对着另一边的人，子弹呼啸着穿越他们哨所的窗户，可是他们的玻璃窗也已经破碎了。他双手抱头，然后拿出一包香烟，但他手一滑，香烟撒向雪中，他一根也没接住。

　　正在这时，他发现自己队伍的士兵向第二个战壕奔去，那里第二挺轻机枪已装上了子弹。从那边，有人正在打手势。还有幸存者？他像个醉汉朝他们飞奔。那里只有三个人，其中一个是轻机枪手，腿被一枚手榴弹炸飞。只是从这一刻算起，副指挥官才一览无余地看到一切：在整个战斗区，无人之地和边境的另一边，雪被踩实（雪上都是脚印），血迹斑斑，上面有多处像是被拖到那儿的尸体刷过的痕迹。在这片不堪入目的迹象中，离中立区这边两步远的地方，雪地上，一些类似熄灭的灯塔的东西发着光，像是海洋动物冷漠的眼睛，看着这场屠杀。

"那边，那些玻璃，是什么？"一个声音问，没有人回答。

队伍里的一个士兵从瞭望台下来，背着一个哨兵。这个哨兵一直挺着，直到他们来前二十分钟才断气，这是根据他留在一个本子上的笔记里得出的结论。

过了一会儿，他们将尸体一具具抬起，一具挨着一具排放在卡车尾部。一个队员手里一直提着装满信件和明信片的包，他将包扔到尸体上，随后，另一队员关上了车栅栏。

三、同一时间，但在远处

他身型瘦长，头发灰白，在联合国大厦三层的酒吧里等着，身边宽大的玻璃窗朝向东河。另一个人向他招手示意。他修长的腿在翡翠绿的地毯上走着，步伐敏捷轻盈。

"我们可以拟定修正案，"他说，"突发的一切显然是挑衅。"

他一屁股扎进柔软的大皮椅里，请另外那个人也坐过来。

"七点半。"

"我们有时间。"

另外那人打开他的公文包，从里面拿出几页纸。

"因此，发生了挑衅，"他重复道，"伤亡惨重，不过……"

"多少？"另外那人问。

"阿尔巴尼亚这边9人死亡，另一边是22人死亡。嗯……"他自言自语重复"9""22"，然后纠正说，"我觉得秘书漏了'9'前面的十位数。抱歉，给我几分钟时间，我核实一下原件。"

他在公文包里翻找，终于取出了要找的东西。

"显然是这样，"他说，"'9'前面有一个'1'，她忘写了。"

"好。"那人说，也打开自己的公文包。"因此，在修正案的第二段，可以总结为如下：根据无可辩驳的数据，东南欧的紧张局势在不断加剧，我们刚刚得到一个令人担忧的消息，阿尔巴尼亚方发起的严重挑衅再次证明了这一点……"

"太好了。"

"现在,请你告诉我,如果阿尔巴尼亚政府表示抗议的话,我们可以援引哪些因素?"

"是要事实吗?"另一个回答,"除了杀害一个姑娘……"

"一个姑娘?她在边境做什么?"

那人耸耸肩。

"是啊,她去那干吗?"他低声说,突然,他用手掌拍脑门,"啊,我想起来了,她好像是去那儿做新闻采访。我不是跟你说过吗?在被杀害的人当中有一个新闻记者。"

"你总是心不在焉。"灰白头发的男人带着同情的眼神看着他,笑着说。

他们放声大笑起来。

"现在,我们回到关键问题上吧,"灰白头发的男人一边说一边将手伸进自己的公文包。"我给您带来一个惊喜。"

他眼睛一直盯着那人看,像变戏法似的突然拿出一张照片。

"哦,这只是一份传真……"

"边境那边死去的一个阿尔巴尼亚士兵……"

两个人的头互相靠近,无法将眼睛从照片挪开。在那像是布满针眼、模糊的背景上（就像在大部分电报里看到的那样），一张变形的脸注视着他俩。这是一幅古老的镶嵌画，因年久而受损，这张脸蕴藏着密集的皮肤毛孔和地球的裂缝之类的东西。

  他们弯下身子注视着这张脸，久久不愿离开，时间一分一秒地过去，他们感到不寒而栗，毛骨悚然，像是被无数针刺扎着那样。这是一种远古的恐惧，其征兆隐隐约约来自久远的世纪和古老的人民。

一九六二年至一九七二年

阅读哈姆雷特

一

我上小学已经有五年了,自然每学期我都会学到很多新的东西。准确地说,新东西只是一部分,因为另外一部分都是老生常谈,但即便如此,由于没有很好地领会,每次听的时候反应也总是不同。比如那年春天,我们听说我们的国家是共和国。而同一天,老师跟我们解释说,我们国家几年前是一个王国。在他看来,那时我们已经四五岁了,应该保存一些记忆。事实上,我们没记住什么重要的事情,即便我们会为承认这点而感到羞耻。我们觉得区别王国和共和国真不是件容易的事,尤其是在这两种制度下,我们的父母并没有任何变化,表兄亦如此。我们中的一人还提醒我们注意,房子也还是原来的房子。

围绕房子的讨论相当复杂。据我们从大人嘴里听说的,不仅房子是旧时代造的,而且,实事求是地说,它们中大部分甚至目睹了王国的诞生。简言之，这些房子建造的年代可以追溯到更早：帝国时代。

那年春天，我们发现阿尔巴尼亚在成为王国前曾经是一个帝国，或者更确切地说，是一块帝国。我们曾在某处碰到过帝国这个词，但直到现在才知道帝国比王国大十倍到二十倍，并且它的首都（包括皇帝，也叫苏丹）一直都很远，非常遥远。

一个发现常常会带来另一个发现，这大家都知道。因此，这次我们通过开动脑筋而不是依赖老师的帮助找到了答案：旧房子，即帝国时代的房子，比新近建造的房子要宽敞很多，它们之间的比例如同帝国与王国面积的比例。至于共和国，打从建立起就没有盖一栋房子，所以不知道能跟什么比。

我不断证实的第一件事，就是我父母的房子确实是帝国时代建造的。这太明显了！就好像我不是在那里长大的，而是一个偶然到访的游客，我不无惊讶地发现房间都特别大，阳台空空的，走廊无可利用，壁橱怪怪的。

我们班上一半同学家的房子都是这样的，属于帝国时代，奇怪的是，我们从不因此感到骄傲。或许是因为我们不喜欢，所以也不谈论它们。这就是为什么有时候班里的其他同学，即住着王国时代房子的，来看望我们，他们的惊讶程度令我们不知所措。

说真的，还有更严重的。我们不仅不喜欢自家的房子，还暗中嫉妒那些住王国时代房子的同学。他们家的房子的确狭小，没有庄严雄伟的正门，但内部更加紧凑，房子看上去更温馨，尤其是里面没有那些根本无法解释的东西。我还发现，在这种房子里人们说话更多，尤其是态度更和蔼。

因为在我们帝国时代的房子里，人们难得有说话的机会。房间分布在三层，得花几个小时才能找到一个人，在这样的房子里，你还能期待什么呢？而且，在寻找的过程中，你完全忘了要跟他说的事情，你火冒三丈，因此，当你最终找到他时，你不但没有跟他说几句亲切的话，而是冲上去："喂，你不知道我找你吗！"

我确信在最古老的房子里，人们不仅更严肃，而且更傲慢。这两个特性中，要想知道哪个是起因，这就说不清了。有时我觉得他们之所以严肃是因为傲慢的人通常不懂得放松自己。其他时候则相反，正是他们的严肃使得他们变得傲慢。

大房子还有别的缺陷。比如，在王国时代的房子里，人们一年四季住同一间屋，而在我们家，每换一个季节，我们都要从一层搬到另一层。因此，每到秋天或冬天，乌云密布，雷声隆隆，我们不等变天就先换墙、拱顶和奇怪的壁橱。

可我们觉得与另一个缺点相比，这都不算什么。在大房子里，夜晚更加恐怖。也许是因为房间空荡荡、阳台太冷清的缘故。这些地方因为没人住，自然就会想方设法让什么东西住进去。而这东西只能是外人或其替代物：亡灵，也可以称其为强盗和幽灵。

在那令人难忘的冬季，它俩无处不在。关于强盗，我们知道以前的王国已经将他们制服，但是共和国太年轻，还不知道如何对付他们。至于幽灵，广播夜以继日地大声威吓它们，视其为法西斯主义美洲和以色列的后裔，但它们似乎决不后退。

夜里，屋顶的大梁发出断裂声，我睡不着，我说不准强盗和幽灵这两个祸害我更喜欢哪个。有时，我觉得强盗更可怕，别的时候则感到幽灵更恐怖。尽管如此，我坚信它们不可能同时出现，甚至它俩之间存在着某种仇恨。我竟然认为，夜里，当屋顶噼啪作响时，我怀疑强盗正在往上爬，这时我开始想象：与强盗有仇而成为我的同盟的幽灵此时会立即闯入我的房间。但是，别的夜晚，幽灵的出现令我浑身颤抖，而只有当强盗来到与幽灵扭打在一起的时候，我才觉得自己有救了。

二

春天临近尾声的时候,这种不牢靠的平衡状态终于结束了。国家即共和国狠狠打击强盗。不但抓获了大部分强盗,还让他们戴着镣铐排成纵队在城里游街。这些人平常在丛林里,脸色黝黑,但还是被大家认出了。当人们在游街的队伍里看到我们睿智的历史老师(即那个给我们解释王国和帝国的不同以及类似无数其他事物之间的差异的人)低着头走在队伍最前面,都惊呆了。更让大家惊讶的是看到另外两位先生,其中一位除了身份是律师,还被风湿症折磨得好苦,你怎么也不会相信他能爬上屋顶。

尽管对被抓获的强盗持保留意见,奇怪的是,这些强盗(不管是真的还是假的)游完街后都消失得无影无踪。

也许这对所有人来说都是举行一次狂欢的借口,但对我不是。我没有同盟,我只能独自一人面对幽灵。我总是更加忧虑地等待夜晚的来临,屋架发出越来越可怕的爆裂声。至于幽灵,敌人的游街给它们壮了胆,它们显然称心如意。夜幕降临的时候,我关于强盗的想法越来越宽容,然后,将近十二点,当致命的时间临近时,我的这些想法变得越来越忧伤。

一天，我听说又抓了一批强盗，其中有一个中学音乐老师，我的两个叔叔跟他常往来。强盗也许并没有被杀绝，因此谁知道，也许某天，他们还会出现！这个模糊的希望使我充满欢乐。我跑到叔叔家想打听更多消息，但我的希望落空了：与我期待的完全相反，这个音乐老师不像其他被抓的人，不属于强盗，而是"为英美效劳的密探"。

最近一段时间以来，这个新的表达方式越来越时髦。英美密探跟共和国对着干，再笨的人都知道这一点；而我所感兴趣的，首先是了解他们与幽灵是什么关系。

其实我的心里对共和国也有一种隐隐约约的怒火，因为它过于热衷地反对强盗，却像笨蛋一样与幽灵合作反对强盗。广播反复播送的那些反对幽灵的话，对你来说都是一只耳朵进，一只耳朵出。从学校这方面来讲，都是老生常谈——偷偷摸摸说几句，纯粹是为了甩手不管："别听那些胡言乱语：幽灵、巫婆、吸血鬼，都是废话！现在，让我们转入重要的事情，比如水的构成！"

这时，我真想大声说："老顽固、低能者，你真的想让我们相信水比幽灵更重要吗？"氢和氧的结合，你是在讲故事吧！这个水的问题，智障者都知道是怎么回事：下雨，水蒸发，变成雨，就这样继续下去——比这更乏味的伎俩，你去死吧！至于水的构成，老实说，是伟大的发现！……H_2O：这是一个谜！神秘的东西，唯一真实的东西，是幽灵的构成，而不是水的构成！

幸好，我同老师作对的行为最终没有变成对水的狂热战斗。

三

一天，我们正谈论幽灵，一位同班同学告诉我，据他祖母所说，防御幽灵的最好办法是放置十字架。在屋子的所有角落都摆上，尤其是窗洞，幽灵很可能从那儿潜入。这个主意让我欣喜，我和这位同学偷偷在屋子各处以及屋架上都放置我俩亲手做的十字架。

我迫不及待地等着夜晚的到来。很不凑巧，幽灵还跟以前一样发出咯吱声，即便响声不是很大。

几天后，我同学还是在他祖母的建议下给我带了些焚香来。这并没有让幽灵安静一些。"或许十字架和焚香只保护基督徒？"我同学问我。我觉得他像个有宗教幻想的人，以前我的脑海里从未有过这个想法，因为我们的宗教不一样。

另一天，我突然想到那个名字很难发音的作家：莎士比亚，其剧作因涉及巫婆和幽灵深受我的喜爱，我竟然将他近一半的作品都抄写了一遍。

我的两个叔叔见我又在他们的书架上找莎翁的某本书，难以掩饰其讥讽的微笑。我终于在书架上找到了，莎士比亚的《哈姆雷特》。

"去吧，读这本书吧！这样的话，你会更确信自己又同一只蜘蛛待在天花板了！"我小叔对我说。

他们嘲笑我，可我并不在乎。他们有他们的事情，我有我的。如果他们高兴的话，他们可以为自己"参与群体殴打拉丁语老师"的美名而自豪！他们可以研究水的构成！而我感兴趣的是幽灵！

我找到一个安静的角落，开始读书。我越往后读越被深深迷住了，尤其是幽灵出现的时候。最微不足道的词对我来说都那么津津有味，有一刻我甚至都不相信自己的眼睛：幽灵跟哈姆雷特说他必须赶紧走，因为公鸡鸣叫的时间快到了，他得回到自己的坟墓。

我反复读这一段，确信自己没有曲解。这意思应该是：天一亮即公鸡啼鸣的时候幽灵就得消失。这好像是给所有幽灵下的命令。或者，换一种说法，这些幽灵，既无武器也无十字架，既无收音机也无父亲，甚至没有共和国，在公鸡面前似乎都很渺小。

这个发现使我不再惊叹不已。我放下书，像个疯子奔跑在回家的路上。幽灵经常出没我们家的原因终于找到了：我们家里缺少一只公鸡！

还没有跨过门槛，我就问，或者更确切地说，我对祖母大喊："我们家为什么没有公鸡？"

祖母不动声色地回答说我们家没有公鸡，是因为没有养母鸡。

跟我的叔叔们一样，她灰色的眼睛似乎也闪着讥讽的光芒。我感到被一阵怒火压得喘不过气来。每当遇到与莎士比亚相关的事情，所有人都开始嘲笑我，我觉得这不公平。

见我气得咬嘴唇，祖母语气温和地问我：

"为什么会突然想要公鸡呢？"

"不为什么！"

我的自尊阻止我向她暴露自己的意图。她抚摸我的头发，像讲故事那样努力跟我解释说："尽管我们处于贫困中，没有养母鸡，但住这大房子按规定也不许养鸡，可是呢，谁知道，也许以后，习俗会改变……"

这我早就料到了！祖母，还有她那些女友，都是"大人"，随时准备饿死，只为了保存这些习俗，换言之是为了继续用细搪瓷杯小口喝咖啡，带着她们那等级的人应有的仪表继续贵妇人的闲聊。总之，她们决不会养母鸡。

"不过,你要是想吃鸡肉的话,我可以跟你父亲讲……"

"什么?"

"别这么看我!如果你特想吃鸡肉,即使没有很多钱,你父亲也会给你买的!"

"什么鸡啊?"我喊道。"我可不要吃鸡肉!我想要一只公鸡,你懂吗?一只天亮就啼鸣、赶走幽灵的公鸡!"

祖母一个劲儿盯着我看。她可能觉得我有点精神失常。

"了解了!"一阵沉默之后她说。她肯定想起来我曾跟她谈到幽灵,她再次抚摸我的头发。"你怎么知道公鸡打鸣能驱走幽灵?是在学校听老师说的吗?"

"不是。我从书上看到的。莎士比亚的书。"

"他是做什么的,这个人?"

"作家。最伟大的作家。"

"嗯!"祖母立刻若有所思地说。"既然是这样,我们根本不需要在自家院子里养一只公鸡。你能听见皮诺大婶家的公鸡叫,或者托罗家的公鸡叫,还有街的那边沙美蒂家的公鸡叫。"

就在她说话的时候,我产生了一个想法,围绕帝国时代和王国时代的房子这件事总是变得很复杂。换言之，帝国时代的房子，尽管状况很糟，为了不失体面却始终不愿意降低格调养鸡，王国时代的房子则已甘于塑造低微形象。

与祖母的这次谈话让我恢复了些许平静。此刻，我期盼夜幕降临。一种鲜有的烦躁使我坐立不安。祖母神情忧虑地看着我，但这对我来说无所谓。从现在起我有一个新盟友，我信任他，胜过我父亲，胜过我所有老师，甚至胜过对共和国的信任。

莎士比亚！他有一个一上来就让人想到闪电的名字。他也属于那个不久前派遣轰炸机驱逐法西斯分子的遥远的国家。一个似乎为了响应我的秘密召唤而给我派来新的拯救者的国家。

四

晚饭对我来说也显得比平常更令人生厌。说的尽是些毫无意义的唠叨话，穿插其中的沉默时刻亦如此。每当听到外面有人敲门，沉默显得更加漫长。"是谢蒂诺家的！"母亲抬头说。"是梅齐尼家的！"过了一会儿她又说。即便没有人说话，也能听见"……又抓人了？"显然每人都在想着说些废话。这不是他们的错，他们很脆弱，他们没有秘密同盟，所以必然更关注琐碎的事……

晚饭后，我们相继去睡觉。不久，屋架开始发出断裂声。幽灵好像预感会出现什么不寻常的事，显得很担忧。

天黢黑，没法知道此刻几点钟。在学校，我们得知钟敲响十二下是深夜，但是书上从未提及公鸡应该在几点钟打鸣。有时，我感到极度恐惧：万一它们不及时醒来，就像常发生在懒汉身上的那样，或者它们根本就醒不来呢？

正当所有希望离我而去，窗户的南边突然传来一阵熟悉的簌簌声，胜利的振翅声和雄鸡嘶哑的喔喔喔声使宇宙充满了喧闹、欢乐和前所未有的激情。

皮诺大婶家的公鸡！……我甚至来不及确定这个想法：从屋子的另一边起，托罗家的公鸡，热情即使不比皮诺大婶家的公鸡更大，也绝不逊色，发出战斗的喊叫声。更远处，沙美蒂家的公鸡，紧接着费可家和迪诺·齐科家的公鸡，已经在朝天空呐喊了。

我全身突然感到一阵轻松，一种神圣的平和。从斯肯杜里、汉科尼、巴巴梅托、科科博博和卡拉吉奥兹家的院子起，所有公鸡依次发出战斗的喊叫声，一个比一个声音洪亮，一个比一个更渴望争斗。幽灵可以数数自己有几个脑袋，一个都活不了！这是可怕的莎—士—

比—亚亲自发布的命令!

当睡意令我的眼皮下沉的时候,我想象公鸡还在发出挑衅般的喊叫,它们栖息在教堂之顶,更远处,在阿尔巴尼亚中央地区(我了解这个地区,因为我在地理课上学过),甚至更远些,在尼卡伊—墨图尔地区,黑山,然后还要再远,丹麦,甚至可能在我新偶像的国家——英国的土地上。

此时,被解放的天空一片接一片展开,纯净。当睡意完全侵袭我的时候(我从未体验到如此甜蜜的睡眠),我的思绪或许已经在北极上空翱翔。

巴黎,二〇〇四年六月

十二月的一个下午关于钻石的谈话

这是我们在 G 城朋友家度过的第二天。我已经发现既不是第一天也不是第三天，而恰好是第二天使得一次短暂的居住具有色调的变化：非常愉快，不太愉快，甚至一点儿都不愉快。

"吃完晚饭已经很晚，你们想睡多久就可以睡多久，"房子的主人对我们说。我们好些时候没有见面了，时间飞逝，而我们却没有察觉。

醒来，我无法推测是不是一大早。我走到与房间相连的玻璃阳台上，看了一下天空。它一副阴沉的样子，但隐藏着一种不知道从哪里放射出的富足。

多年前，我从祖国初次去巴黎旅行，抵达巴黎时我曾有过类似的感觉。灰暗的天空像是撒满了银光闪闪的粒子，时间是早上十一点钟，我感觉是城里妇人（其中不乏睡美人）迟迟地醒来赋予天空这华丽的闪烁。

我不相信小小的 G 城会有贵妇，更不相信会有睡美人。这地方因其监狱而闻名，好像是法国最大的监狱。

"这会让你产生灵感!"主人开着吉普车带我们去周边兜风的时候对我说。附近的村庄比我想象的要小许多。

右边,沿着道路,出现了第一个酿造葡萄酒的"城堡":史密斯·拉菲特酒庄。第一次见葡萄种植园就让我失望:贫瘠的土地上堆积着葡萄蔓枝,看来这谦逊得近乎卑微的外表正是它们享有威望必须付出的代价。

我就其中某些葡萄酒城堡问了 R 一些问题,他将知道的都告诉我了。不远处是"克莱蒙教皇",再过去大概是一两个"圣-艾米里翁"。关于"玛歌",他知道的并不多,对所有葡萄酒当中最昂贵的"帕图斯",知道的则更少。

我对这里早晨的印象,虽然缺乏贵妇人,此刻却因"城堡"的出现而觉得有收获,这并不奇怪。根据众所周知的老生常谈:"我对巴黎了如指掌是因了阅读巴尔扎克的小说",如此等等,或者还有"矫揉造作的爱情故事都是在晚餐期间诞生的,而大部分晚餐没有葡萄酒都无法进行……"监狱,乍一看了无趣味,但也有葡萄酒的故事。越来越多的报道涉及葡萄酒行业伟大天才的诉讼案,不用说是关于"瓜尔内里"小提琴的,有些人了解它是因了"囚牢小提琴"葡萄酒的缘故,据 R 说,该葡萄酒是一位斯特拉迪瓦同时代人发明的,此人因在决斗中杀人（可能与女人有关）而被投进监狱。

我没有提醒他注意这个细节，而是问他如果法国一九四五年变成共产主义政体，会发生什么情况，还有，如果所有这些"城堡"最终都带着集体农庄的称号如"三号生产中心"或者"殉难者"之类的名字的话。

我们回到家，午饭还没有开始。

我们在玻璃阳台上吃饭，您觉得如何？从阳台传来女主人的声音。阳光很美。

光线虽然不是很强，但确实绚丽。从玻璃阳台上可以饱览文人通常所称的普鲁斯特式风景，或者喜爱俄罗斯文学的人所说的契科夫式风景。两种风景既相似又不同，斯科特·菲茨杰拉德试图借助妻子的谵妄性误解开出一条路。

我们坐在扶手椅上喝开胃酒，R过来请求原谅，说他要迟到一会儿。他正忙着将一把旧意大利小提琴改造成一个新的琴马①，这个活计因为我们早上的闲逛而中断了，现在还需要二十来分钟，顶多二十来分钟。

自从得知对阿尔巴尼亚文学感兴趣的最著名的一家法国出版社今后可能要将阿尔巴尼亚文学翻译委托给一名小提琴家之后，凡是与小提琴有关的一切都让我的好

---

① 又名琴桥，小提琴上的重要部件。

奇心剧增。出于同样道理，昔日的某次艳遇，与一个小提琴女学生短暂的一次爱情，多年的遗忘之后，突然出现在我的脑海里，这也并不奇怪。

过了二十分钟，R 真的到了。他看上去很满意，我发现他的手上好像有修理小提琴时掉下的细小的金属屑。

小提琴有些地方不尽人意，R 说，像是为自己的迟到辩解。尤其是旧式小提琴越来越少见。

他虽然不是个多愁善感的人，但说话时带着深深的忧伤。我时常觉得这种伤感与他家人有关，他从阿尔巴尼亚逃走后，家人受其牵连都被关押起来。

尽管他跟我讲了许许多多著名小提琴的故事，但总能找到新的故事讲。

斯特拉迪瓦制作了大约两千把小提琴。据说最后一把小提琴从他手里出来时，他已经九十一岁了，也就是那天，小提琴见证了他身体的衰竭，特别是他的眼睛已近乎失明。

从他妻子带有责备的眼神中，我猜想她是要向他传递一个讯息：还是帮我摆餐具吧。

与我所属的一类男人完全不同，R 有能力做这件事，但条件是别在他刚忙完小提琴的事就立即让他准备餐具。正如他曾经跟我说的那样，他的手需要整整半个小时才能缓解肌肉的紧张。

一九四五年德累斯顿大轰炸期间,许多著名小提琴消失了。十六把斯特拉迪瓦和瓜尔内里(它们全都属于小提琴家弗里茨·克里斯勒),不到半个小时都逝世了。

我们互相看了看。他没有说"被毁","炸得粉碎",而说"逝世",就像说人死去那样。

我们正在摆放餐具。玻璃杯和瓷器相碰发出的细小声音使我想到德累斯顿十六把小提琴发出的响声:是噪音,叫喊声,还是最后的呻吟?

某人的包里有个手机持续在响,R显然听到了铃声,于是对妻子说:接吧,你还等什么?

女主人朝他投去阴郁的一瞥,但最终还是接了电话,没错,我们都被它持续的响声激怒了。

喂?女主人说,差点要动怒了。可是,就像有人被铃声激怒,一把抓起手机准备发脾气,而电话的另一端却是跟她的怒火最没有关系的人,这时,女主人拍着脑门抱歉地说:啊,是武科萨尼夫人……她自责地看了一眼丈夫说,您身体好吗,武科萨尼夫人?当然,是的……对,今天下午,是的,说好的……怎么会忘了呢?……是的,没问题……

她说着,眼睛一直盯着R,像是要请求帮助。

R做了一个难以捉摸的手势,就像每当出现不愉快的事情时那样。

让她们来吧,他对妻子说……然后,把身子转向我们:"我们怎么会把这事给忘了呢?希望你们没有觉得有什么不妥?"

哦,没有,妻子回答。我们怎能这样想呢?太好了,我补充说。

这位夫人带着女儿一起来,R 说。她们住在邻村,属于一九九〇年首批移民,过了一会儿他又说。

女主人松了一口气,挂了电话。

我们怎么会忘了呢?她转身对丈夫说。

R 耸耸肩。

她们是君主政体拥护者,他补充道,眼睛始终看着我,似乎暗示我说话得谨慎点。

啊,是吗?我回答。我碰到过这种人,但不经常。

他们确实人数不多,R 说。

他还想说点什么,但是,不用开口,他内心的微笑比话语更好地表达了他想说的。

他们人数不多,此外……我不知道说什么好……也许我们忘了这事并非偶然。我觉得她们的出现也一样并非偶然……好像不太引人注目,总是不大可能……我不知道我是不是表达得很清楚。

明白,我说。再说,这并没有让我感到惊讶。这些是保皇派，他们不希望引起太多注意，这好像很自然。

年轻的女小提琴手那黑色长裙又浮现在我脑海里，仿佛被一阵强烈的风刮来。为什么？我差点喊起来。为什么这次邂逅既短暂又印象深刻，似乎无须分离或在一起生活更久？

事情就是这样！女主人兴致勃勃地接上话头。你谈论她们好像非常了解她们。我跟你们说过她们曾经被流放吧？我甚至认为这母女俩就是在那里出生的。

R看了看手表：她们一两个小时内不可能到。我们可以先一起喝咖啡。

我们的客人似乎都松了口气。仿佛上一个制度解体后，与前被迫害者频繁接触变成一件很自然的事，与对面那些前迫害者常来常往也是可以理解的。因此，所有人都又出现了：怀念约瑟夫的人、宿命论者、恐怖分子、拥有奥特曼帝国证书的前房东、无证书前房东、前间谍、早期及后期囚犯，二十世纪三十年代德国前外集团的继任者、有悔改表现的法西斯分子、十二月党人、亵渎独裁者雕像的人，等等。在这个混乱的中心，唯有拥护君主政体制的人被遗忘了。事实真相是与其他人相反，没有人找他们的麻烦。但是，他们也很少能博得多数人的同情。

R征求大家的意见，用餐时喝什么酒。对于烤野鸡而言，选择很容易。同样，夸奖女厨师的溢美之词也不难选择。从厨房飘来的肉香似乎让人充满希望。

饭间，R不时看手表，我了解他，知道他想着那两个女宾客。我们想对他说完全没有必要自寻烦恼，可他是个完美主义者，他希望母女俩准时到，一起喝咖啡或白兰地，不能晚到，尤其不能早到。

我觉得可以就这个焦虑嘲笑他一番，而在午餐进行到一半的时候我发现自己也跟他一样不时看表。我不知道我是不是发出了一声叹息，但我当时想的差不多就是紧接下来的那类想法。不论我们愿意还是不愿意，一根看不见的线从此将我们与那两个宾客联系在一起，母女俩正开着车匆匆往这边赶路，以便准点到达，不太早也不太迟，恰巧在喝咖啡的时间到。

一些散乱的意象彼此产生磁化效应。比如月亮，我觉得提到流放犯的时候根本无法回避这个意象。在那些荒芜的小村庄出生的女孩们，苍白的脸色也许就跟月亮有关。她们本该带着合作社田地上空炙热的太阳的标记——与夏季在海滩晒黑完全不同。然而，一种不太自然的现象重现，也许是月亮的干预赋予她们如此罕见的苍白脸色，可以被称作忧伤的化妆，这使得她们与其他人完全不一样。

谈到克雷莫纳小提琴的秘密，R告诉我唯一可以公布于众的制作秘密就与月亮有关。有记载说两到三百年的老槭树最适合做小提琴，而槭树的木材就是在满月的时候被切割的，因为亡灵被月亮所吸引会在这期间出来。这好像很美，适合诗歌隐喻，尽管满月早已出现在众多表现受精神病困扰的杀人犯的影片中。显然，满月既然能从那里提取一个祸害，便也可以随意接种另一个祸害，而且既无法形容也不可解释。

尽管如此，两位女宾客最好还是在月亮出来之前到达。我想象她们快到 G 城了，由于迷失了方向，她们向一个警察打听情况，警察问她们：你们是在寻找大监狱吗？她们生气地反驳：你们说大监狱是什么意思？难道我们的额头上写着东欧国家前侨民，此生注定只跟警察的检查和监狱打交道吗？

事实上，有一天，与一位法国律师及其顾客——一个阿尔巴尼亚妓女交谈过后，我就想象过一次类似的旅行，这个妓女在一封信里抱怨说她的权杖儿没有被关押起来，她自己却被送进了监狱。我记不得她是从哪个监狱给我寄的信，但很可能就是我们的两位女宾客正开车匆匆赶去的那个监狱。

说点什么吧，妻子小声对我说，每当餐桌上的谈话出现冷场时她总是这么做。我有时会向她表示感谢，而她的劝说有时会让我变得更加沉默寡言。

葡萄酒和野鸡确实值得称赞,但事实也证明,赞美之后就没有什么话了,而一般来说,野猪肉能更久地维持餐桌上的谈话,不管肉的质量如何。

我再一次赞美葡萄酒,用了一些在我看来不太令人信服的词语,因为说的时候我想到了一位法国老参议员最近出版的一部小说第一章的开篇,小说的名字是《我在圣-艾米里翁葡萄酒和梅多克葡萄酒之间犹豫不定》,此书受到批评界毫不留情的非议,但显然让我们的客人不那么难以忍受(按照这种说法,音乐厅里也尽是庸才,女主人说),于是我立即对自己说最好闭嘴,至少保持沉默几分钟。

过了一会儿,妻子重申了她的请求,这回是轻轻碰了碰我手肘,我心想她并没有错。我真心想讲点什么有趣的事情。我突然犹豫了(又可憎地想到了老参议员那部小说),无法做出决断,是选择讲一条正在我国驻安哥拉大使馆的阶梯上爬行的蛇(就像一位荷兰朋友跟我描述的那样,他去那里办阿尔巴尼亚签证),还是选择在维也纳举办的一次绘画竞赛评审委员会那呆板的形象。期间一个参赛选手,眼神僵直冷酷,心神不定地在等比赛结果。

我就这样在两个意象之间犹豫不定,它们与任何事情无关,只能证明我精神失常,这时我发现所有人都在偷偷看表。从未成功掩饰其急躁情绪的 R 甚至摘下戴在手腕上的表，直接放在餐盘前。

  显而易见，两位女宾客到来之前，午餐的进程已经被扰乱了。再说不就是过来喝杯咖啡嘛！我心想。

  一声"怎么了？"在空中盘旋，像寒冬里的一只小鸟在叽叽喳喳叫个不停。发生什么事了？"没什么"，这个回答像是紧紧绑在那个问题上，绝不撒手。

  萧瑟的十二月，一辆载着两个女人（一个不到二十岁，另一个刚四十岁）的车正朝我们驶来。

  没什么，我在心里重复道。可是为什么我们所有人都看表呢？

  我的脑海里出现了同时处在两个不同年龄段即流放前和流放后的武科萨尼夫人，她羞答答地走了进来，脸被一顶十九世纪三十年代的帽子半遮着，急不可待地在堡垒街卖她最后那个戒指。她两腿发抖，眼睛微闭，职员将放大镜对着戒指，仿佛正在触碰其密友最珍贵最隐秘的部位。

  甜点过后，又是一片沉寂，但此时似乎很正常：是到访的时间了。

  随着我的手表指针的走动，我好像感觉到小提琴世界典雅的独特性在我脑海里衰退，取而代之的是冷冷的阴郁。拉斯普汀在酒窖里遭到优素普福王子殴打致伤，他面对着隔墙,里面有两把克雷莫纳小提琴,据传记作者说,这两把小提琴藏在墙内很久了,以防落入路过的小偷手中。拉斯普汀的哀叹声在一个犹太收藏家正在腐烂的尸体上方飘荡(他死了很久才被人找到尸体),三把小提琴紧挨着他的胸部,两把斯特拉迪瓦琴,一把瓜尔内里琴,好像只有这样才更有资格去另一个世界。

小提琴变得冷酷无情。我相信这是在最不合适的时间发生的事。

很快就传来车轮压在小径砾石上的声音。女主人赶紧起身。R捡起桌上的手表戴在手腕上。妻子的脸上很自然地现出了一丝微笑。

远处,说话声和笑声显得那么令人愉悦,而当面孔出现时,也是那么讨人喜欢。我知道一般说来情况不是这样,但我的高兴还是有点过度。武科萨尼夫人并没有像我想的那样在虔诚山丢失了东西。她把两个年龄配合得很好,尤其是具有女人身上常有的这个优点:目光像有翅膀似的飞散在脸颊上,而脸总是显示出一种变化不定,让人感觉她的上下眼皮似乎快要碰到一起了。

R做了介绍,战战兢兢的,这不符合他的性格。或许他突然意识到同两个女人喝咖啡不是特别合适,因为这两个女人不仅被流放过,而且在阿尔巴尼亚所经历的的大多数政体下(包括法西斯主义)可能都受到过同样的迫害。

我放下伸出的手，不再指望有什么发现，却在她呈纺锤形的手指间看到了那个镶着神奇的钻石的戒指，看来那个职员最终没有抢走戒指。

此刻，我突然觉得她的目光温柔得简直难以置信，一想到如果我们不给予援助，这温柔可能会枯竭，我立即害怕极了。

勒卡国王在地拉那过得好吗？我问。我听说他因为收集武器而遇到一些麻烦。

武科萨尼夫人盯着我看，好像没有听懂问题似的。

我后悔直接进入主题，但我感到自己无法找个别的话题来打破僵局。

地拉那政府部门的态度确实荒谬，R说。

我不知情，她说。接着，她（没有特别对着谁）表示：报纸上发表的杰拉尔丁皇后的那些信让我感动不已。

我笑了，样子极其冷漠：R和我，这里至少有两个人既无信仰也无国王。尽管如此，我们觉得皇宫回到地拉那对国家是件好事，我补充道。

为此向他表示感谢吧，先生，她说。

R重又加入谈话，我们就皇室存在的实用性讨论了一会儿。

您女儿会讲阿尔巴尼斯语①吗？女主人问。

是的，她会说阿尔巴尼斯语……武科萨尼夫人说。然后她转向女儿：说几句阿尔巴尼斯语给这些女士先生们听听。

女儿试图把脸藏在母亲的肩膀后面，却被她发现了。

我会说阿尔巴尼斯语……她终于开口了。

奇怪的是，我隐隐约约感到自己有错。我不能确定这是否与她们在混乱的制度下长期遭受流放有关，或者与我在虔诚山应受谴责的那一瞥有关——职员对着放大镜看戒指，却把目光转向她的大腿间。

她的话语似乎很零散。她不像那些一有机会就滔滔不绝地讲述其流放岁月的女人。回答问题时她经常说：我不知道这会儿谈论这一切是否合适。这种坦诚（也许是因为太久脱离生活所致）出现在句子的衔接中，并通过她的阿尔巴尼亚语将某种闪闪发光的灰尘驱散。

同时，她的种种犹豫也具有传染性，我再也不知道是否应该谈谈关于囚禁索古国王的那份档案资料。那是去年夏天，我在阿尔巴尼亚度假时一位记者朋友给我看的，他就国王被囚禁的问题做了一项调查。档案材料是

---

① 这母女俩在这里用的是古老的发音。——原注

二十世纪五十年代建立的,即国王刚驻扎巴黎到他去世前不久那段时间。翻阅材料的时候,当我们读到以"在艾哈迈德·索古被囚禁的问题上……"此类开头的句子时,忍不住笑出声来,因为这使人想到合作社或工厂开会时讲话的风格:"在生产牛奶的问题上,采取了所有必要的措施都……"

然后我们忽然明白,我们的笑声是迷惑人的,只是为了掩盖哭的渴望。因此,尽管华丽的音乐厅里瓜尔内里小提琴琴声柔和而悠扬,也难以掩盖受害者竭尽全力从肺腑发出的最后的呐喊。

内务部向最高《指南》陈述了囚禁国王的各种可能,主要是通过法国医生陈述的,"在这些医生跟前工作"才有可能收买他们。

我利用一时的沉默终于谈起那份囚禁档案材料。武科萨尼夫人那双漂亮的眼睛找不到卸载其悲伤的地方。

您相信他们最终囚禁他了吗?

我耸耸肩。

我不知如何回答。也许这样很好。

女孩小声对她母亲说什么来着。

说到底,您相信索古国王真的被囚禁了吗?武科萨尼夫人又问道。

我有时会相信,我回答。接着我补充道:*Horresco referens*①,意思是:我说这句话的时候浑身颤抖着。

啊,她说。眼睛此刻比其他时候眨得都快。您懂拉丁语吗?

我笑了:我不能说我懂。但是我也不能说不懂。上大学的时候,老师让我们读了贺拉斯、维吉尔著作的选段,西塞罗的演讲……

有那么一会儿,她的眼皮耷拉下来。

那您呢?我问。

她摇摇头说不懂,但声音模糊不清,像是从厄洛斯世界发出的。

其实,离开阿尔巴尼亚后,我们去了法国……不是去学习,而是因为别的原因……

什么原因?R问。

我不知道是否真的有必要谈这些,她说。

当她因激动而叫嚷的时候,我一刻也没有停止过想:这个女人肯定有无数爱情故事。

如果安娜·卡列尼娜没有沃伦斯基,我想。我大概在什么地方听说过这句话,要不就是为了吸引某个女人的注意力我曾亲自对这女人说过。尽管如此,她比一个

---

① 此处为拉丁文,摘自古罗马诗人维吉尔的《埃涅阿斯纪》。

很可能没有按照她的意愿制作的首饰更有价值。

> 如果安娜·卡列尼娜没有沃伦斯基
> 如果沃伦斯基和安娜没有托尔斯泰……

我在内心深处说，我感到很荣幸，因为我的大脑虽惊恐不安却成功地将那个首饰与她的处境对应起来。

她最终还是气馁地放弃了，就像在虔诚山那样，当时那个职员（曾是旧皇家银行的专家）再也无须掩饰对她产生的欲望，将他微闭的双眼从戒指的钻石透过薄纱裙滑向她的肚脐而后更往下。

她可能感到，种种犹豫之后，平生第一次自己还能委身于一个男人。可是，这男人不同于国家安全人员，与她的阶层相近，这个事实对她来说似乎能给予她微不足道的安慰。

Horresco referens……好像我们所有人马上都要轮番念叨这个表达方式了。

从她红色的脸颊或许能看出她已经保住了戒指。无论是以福楼拜还是巴尔扎克的方式保住的，人们都不可避免地想到，唯一避免放弃首饰的手段就是这女人本身。

这或许不是巧合，因为那时我还不认识她，我只是在梦里（梦都是从结尾开始构建的）想象她在虔诚山,正在卖还是不卖戒指之间犹豫不定。遭到流放却没有一段经常出卖首饰以维持悲惨生活的历史,这样的皇室家庭几乎找不到。首饰渐渐变得稀有,失去首饰也变得越来越沉痛,终于有一天,最后一颗钻石（钻石中的极品）等待卖出。

如同家中一次新近死亡勾起对昔日逝者的回忆,与最后那颗首饰离别也使人想起失去的那些首饰。它们中大部分都与一些引人注目的事件相关,有时与政治制度强硬有关,有时与政治制度宽松有关。阿尔巴尼亚脱离《华沙协议》。国王流放期间去世。与中国断交。无数夏天的夜晚,丈夫与妻子拥抱时都会谈到钻石,但是他言辞模糊,语义双关,使人同时想到戒指上那颗真钻石以及他内心深处不能被夺走的那颗更加柔和的钻石。

她去虔诚山出卖最后那个首饰,她问:"上帝,我怎么独自一人来这儿了?"接着她隐隐约约预感到双面钻石分裂的钟声已敲响。一个必须为另一个牺牲。

现在,钻石幸存了下来,那颗见证了另一颗衰落的钻石在女人纺锤形的指间左右移动,而我的脑海里,小提琴再次试图介入,尽管拿小提琴和女人做比较在我看来总是趣味低俗,比如,认为小提琴是女人,要会玩。

Horresco referens,她说,声音轻柔,像是在梦里,

瞬间，我几乎相信这个下午如同那些让我把不可能的事认为是真的下午，所谓不可能的事具体来说就是这悖论：认为一种死的语言比任何别的文本更能刺激女人的性欲，这一切有可能把我送到对小提琴爱得发狂的克雷莫纳城犹太人那里去，回到临终前嘶哑的喘气声，拉斯普汀并没有意识到这点，试图将这喘气声交给两把藏在墙缝里的小提琴。

她说的是正在消失的阿尔巴尼亚语，奇怪的是，这语言让她变得更加性感，她开始讲述那年春天发生的事情。那时，每周，甚至每天，人们都期待新事物的出现。因为监狱不开放，信息畅通无阻，或者刑罚减少。甚至当人们期待的事情没有发生，被别的事情取而代之时，希望仍然持续增长。一些妻子温热的身体在等待，而那些热情开始减退的妻子也因再也不可能恢复生气沉浸在悲痛之中。

她同部分家人还住在"那边"，流放中，在介于自由和监狱的中立地区。一九四五年以来，这家人就像在古老的童话里那样被分成几块生活在三个地区。她本人是在放逐期间出生的，她在那里结婚并生下她的独生女。而她父亲、几个叔叔，一个婶婶及她丈夫全家都在监狱里。

在这个被人遗忘的角落，人们对报纸的热情有增无减。不久前被认为似乎是不可思议的事件，在报纸上都能找到相关的描述。那些反映报纸风格的名称对他们来说都是闻所未闻的，与他们所知道的截然相反。流放犯们狂欢，在字里行间寻找意义，轮廓模糊的迹象和倾向。于是有一天，突然来了扎勒埃里夫人，罗科·扎勒埃里的妻子，阿－意银行前总裁。她指着报纸上一个画了下画线的句子气得说不出话来，她太震惊了，以至于无法理解为什么其他人不像自己那样感到惊讶。画线的句子是拉丁文的：*最后的毒药*①，她带着绝望的神情看着他们，期待他们的反应，最后她明白他们根本无法理解其思想的实质内容。她终于放弃了：可这是我亲爱的罗科最喜欢的句子啊！她很久没有他的消息了。她以为他不堪遭受长期折磨已经死了，可是她突然好像听到了他的声音。

她的话乍听好像是一次精神打击带来的后果，但事实并非如此。拉丁语语录像报春的燕子重新出现，这已有些时日。只有一个差别：如果说燕子季节性的到来是有理由的，而指望使用语录的人出狱对其进行原创性阐释，之后拉丁语表达再度流行，这始终得不到解释（最终这是骗人的，因为那些著作当中没有一部是他们写

------

① 原文为拉丁语。

的，而且懂拉丁文的没有一个被释放）。

人们离某种想法不远了，认为这种拉丁化是此类浪漫主义预言：您在监狱中遭受苦难，但无论是您的灵魂还是您的修养都不会被束缚，一群女士最终会揭开谜团。

这些身着昂贵的色彩斑斓的服装、不屈不挠的女人，在流放犯身份准许的情况下被动员起来，目的是赶走新来的拉丁裔记者。她们凭记忆，有时根据小纸条，将句子摘录下来，她们期望通过这些句子（如同根据犯人身上的烙印或首饰可以辨认正在腐烂的尸体）找到亲属：*该死的失败者*[①]！*演出结束了*[②]，等等。

所发生的与她们期待的相差并不是很远。近几年来，漫漫长夜里，一些年轻囚犯（常常是学普通法的）除了学习前辈的著作，还牢记了她们摘录的拉丁语句子。那年春天，因为政治制度的宽松，好多囚犯都出来了，随身带着这些拉丁语特有的表达方式。他们胡乱地使用这些句子，最终使其风行一时，以至于其中一部分竟然出现在各种报纸上。

激动的浪潮从来没有像现在如此具有感染力。一门受到那些往往是没有文化的青年人嘲笑的死的语言，正

---

① ② 原文为拉丁语。

在把即将消失的一代人的临终气息传给后代！

　　有时，那些老妇人经过努力好不容易找到了文章的作者，但是跟他们联系上不是一件容易的事。此外，要确定是谁使用了这些语录也并非易事，因为有些句子是通过第三者以间接的方式获得的，而且，还有这样的情况：同样一句格言，出处有好几个。

　　武科萨尼夫人脸色苍白，一脸倦容，她已经有一会儿没说话了，女儿头靠在妈妈的肩上，抚摸她的手。

　　人们沉浸在回忆中：这些女士回来时的忧伤，她们讲述的牢记在心，或者更确切地说是她们想象的故事，无处不在的源自不能预料的事物的悲伤，以及这种或那种安慰的话：别对这团迷雾怀恨在心，毕竟这只是一门死的语言，尽管它试图完成不可能之事，即把死的气息传给后代。

　　那么这一切是从哪里开始的呢？我思忖。这个问题似乎缠绕着我，像是要强迫我接受。是的，不幸是从哪儿开始的呢？

　　这个经常被人提及的问题其实是没有结果的，因为得追溯到无限遥远的年代。我必须让它掉头返回，为此，我假装很认真地在思考这个问题，就像我无数次承诺的那样。阿尔巴尼亚驻安哥拉大使馆台阶上的蛇再次占据我记忆的一个角落，还有那个荷兰人的抗议：先生,那么您的国家到底是什么性质的国家!我在荷兰无法申请签证,因为你们在那里既没有大使馆也没有领事馆,我必须利用去安哥拉的某次机会,因为你们在安哥拉什么都有,有大使馆和领事馆,可是这些都不够,我还得在一个肮脏的爬行动物的陪伴下上楼。它总是在夜里溜进那里,公务员对它极其尊重,因为安哥拉是马克思-列宁主义国家,大约一个世纪前一名荷兰军官在阿尔巴尼亚死去,我为写他的事迹(这对你们并不重要,你们只对安哥拉感兴趣,因为安哥拉是马克思主义国家,而我的祖国荷兰是君主政体国家:这真让人绝望)而来到你们国家,公务员对我这个荷兰公民态度都很不友好。

或许是又被忧伤所感染,为了让谈话变得轻松些,R再次将谈话的重心引到古小提琴上,它们的数量、人人皆知的那几次被盗经历、意大利小镇上制造古小提琴的街区。由于说话的时候都竭力回避悲伤,我们内心渐渐感到安静,银行保险箱和藏有小提琴的博物馆的紧张气氛得到缓解。

重拾话头之前,R摇摇头表示否认:强盗和潮湿不可能损害到小提琴,但另一个东西会对它们有威胁。于是他对这一事实开始大发议论,即小提琴急需感受人类手的触摸和气息。否则，它们就开始变得……变得激烈！也许我没有表达清楚：我是说它们会变得尖刻，从内部丧失热情。据他说，他很早就听说，要想唤醒一把沉寂了百年的小提琴，需要四十年的时间。为了获得这个结果，专业乐器演奏者每周应来两三次，让关在博物馆里的小提琴发出准确的声音。

我用眼角瞅了一眼武科萨尼夫人的脸颊，很显然我觉得她的脸颊要比她的眼睛更能反映内心的不安。就算不是她，至少她母亲肯定忍受过类似的歧视。

无数个时辰，我重复道。在安静的房间里，等着找回失去的哀叹声。

天色已晚。远处传来警车的汽笛声。R摇摇头，说G城监狱里很久没有发生越狱了。

武科萨尼夫人看了看手表。根据现行的针对流放犯的条例，或许是去派出所的时间了。

我不知道为什么会回忆起从都拉斯开往罗戈日内的火车上一个姑娘的叹息，这声叹息若不是伴随着一句不寻常的话"快要死了"，我也许都不记得了。我从来没有听过这句话的无人称表达方式，更没有从一个姑娘的口里听说这几个词，何况她丝毫没有不堪重负的样子。说完这句话，她朝两个女伴投去嘲弄的眼色，这两人一路上都在笑，说悄悄话。我从未注意到一句话说出时的欢快语调和它的意义之间存在如此大的反差，更不用说还伴随着一声叹息了。

似乎是为了证实这个令人困惑的反差，此刻，母亲和女儿也担忧地看了看手表，跟我们不久前一样。

没有沃伦斯基没有希望，甚至没有恐惧，我心想。流放途中灰暗的平原既没有可以行驶汽车的公路穿越，也没有这最后的希望——火车——经过，而火车碰撞能使您逃避眼下这个世界。

她们终于站起身，先是跟女主人，然后跟我们告别。

当汽车的声音在远处渐渐消失，如同类似情境下大部分人所做的那样，我们也抬头看向天空，以便发送天气预报：可能有一场大雨。不知道为什么，这回我希望自己能幸免，我很庆幸地认为我做到了，因为我想起了电视里播放的一个消息：人们发现了一个不寻常的新的天体。不利之处是这个消息给我带来的第一感觉是相当绝望，这与某个协议发生矛盾，我奇怪地认为此协议是在我们之间制定的，旨在两位客人走后向她们表示敬意（就像弥撒结束时那样），不再提及她们。

她们可能已经上了国道，我不难想象她们那辆车的车灯混杂在无数别的车灯中，受到普遍的冷漠。

该死的失败者，我自忖道，连我自己都不太清楚此刻我想到的是谁。越思考越说不出谁是赢家，谁是失败者。

在阿道夫·H的仇恨背后，维也纳大厅里正在宣读绘画比赛获奖者名单，伴随着悲伤的嘟囔声："每次比赛总是犹太人获胜。"而"为了上帝之爱，给他这个奖……立即给他……还不算太迟！"这微弱的喊叫声几乎听不见。

每次灾难临近肯定都有预兆。托马·德·坎西青少年时代的一次感受（第二幕的第二场末尾，国王被杀后，麦克白立即听见的敲门声）把我带到了少年时代的一次类似的体验。在我看来，这敲门声具有无与伦比的美，因为它无法解释，人们不知道它来自何方。

"敲门了，醒来吧！"

其实，再往后看，第三场，某事变得清晰起来，但是我出于孩子般的执拗不愿意看见它。

根据我与英国戏剧家签订的那个相当荒谬的秘密协议（只有小孩子才会签这种协议并且遵守它），我觉得每次某事令我不快时我生气都是合法的，如此这般又回到我无限的赞美中。这回，我之所以愤怒是因为：为什么他要不惜一切代价解释这神秘的敲门声？

"敲门了，醒来吧！你要是能这样就好了……"

我感到自己被出卖了。我甚至认为，为了让我高兴，他只对我一个人保证隐藏这个秘密，然而他没有遵守自己的诺言。

"敲门了，别解释！啊！你要是能这样就好了……"

后来，在绝不对我们的协议提出疑问的另一个时代，我想象剧作家对剧团团长说：维利，你很清楚女王不喜欢猜谜语！第二幕结尾处的敲门声，你要么把它删掉，要么解释清楚。

夜晚过去了，晚饭和晚饭后的那段时间也过去了。就在谈话进行到最激烈的时候，两位女宾的车灯也已熄灭，她们的头发散落在枕头上，睡眠是我们和她们之间最大的差别。

睡意似乎不愿意侵袭我。我来到阳台，大步走起来。月光微弱，但足以使我看见自午后起一直待在桌子上的咖啡杯。R的癖好之一就是在愉快的谈话之后不立即撤走杯子。

看不见一颗星星。我想到了新近发现的天体。一颗密度惊人的小星星，一种直径大约有四千公里的巨大的钻石。

我的眼睛依然盯着杯子，但我猜不出武科萨尼夫人的嘴唇刚才落在了哪个咖啡杯上。

远处又传来警车的汽笛声，声音虽然很小，但给人感觉是这回真的有人越狱了。

我的头脑一片混乱，但我不难想象我的妓女逃脱了第二次监禁。

所有人都想出狱。阿尔巴尼亚人通过所有港口离开了自己的祖国。唯有杰拉尔丁皇后，这只孤独的天鹅，走了一条反常的路线。我不记得曾在一封信里这么跟她说过：

你迟到这么多年
但是我不能怨你

我好像知道这两句诗是谁写的。但我沉浸在烟雾弥漫的状态，这使得我不可能将所有起因归于他，包括杰拉尔丁皇后，某个已经离世的朋友，某位俄罗斯女王，甚至武科萨尼夫人咖啡杯沿口红的痕迹。

谁姗姗来迟，那个可以责怪她的人是谁？……我时常觉得一个阵营在抱怨，然后是敌方阵营，但使用的是相同的词语。

四周，到处是一片安宁，我甚至感到我再也无法责怪任何人。无数打击声（人们从未听见第一声）中的一个声音在远处响起，像一条切线掠过世界。那是什么？我自言自语。谁在提醒我们那最后的期限？

没有一丝光亮从天而降。然而，我知道它藏着那颗巨大的钻石已经有好几周了。我试着想象钻石的样子，害怕它最终会毁了我的智力：一颗如欧洲共同体那么大的钻石，比任何宝藏珍贵几亿倍，悬挂在空中，没有守护者，傲慢，同死亡一样冷酷而微不足道。

选自《玛力·易·罗比》，二〇〇八年至二〇一二年

秘密报告

从未见过高级官员以如此庞大的阵势从首都涌来。地拉那周边的旅店无一空房,北方大道沿线的旅店更是家家爆满。很多从"两个罗伯特"宾馆回来的马车夫,不等人问便远远地喊道:没空房了,一个都没了!人们拼命地东奔西跑但一无所获,不可能找到任何住处!

几周前,这样的情景还是不可想象的:一个坐在豪华马车里的高级官员从窗户探出身子,语气温和地询问附近是否有下榻之处。问的时候不仅无一丝恼怒的痕迹,甚至能感觉到他的彬彬有礼,尽管还没有礼貌到最后道一声"谢谢"。

所有人都在谈论最近发生的变化,然而最令人震惊的是发现了这些高官不像以前那么神气十足了。突然被迫挤在一个如此有限的空间中,他们最终彼此厌烦,虽然看到前来投宿的人遭到粗鲁的拒绝:"没地方了,老爷!"他们时常会有幸灾乐祸的感觉,但他们还是觉得,说到底每个投宿的人都是以失败者的身份离开。

这场大溃退始于九月的最后一个周六，当时，克鲁亚城堡的守卫拒绝给斯科普里的邻县大公开门。如果这位大公不知道近两年执行公务的达官贵人都是下榻在克鲁亚城堡，他或许还不至于怒火中烧。此外，除了护卫队，大公还带着一位不知从哪儿寻觅到的摩尔多瓦公主，他曾向她许诺要让她睡在多尼卡和杰尔吉·卡斯特利奥特的床榻上！在吹喇叭、喊叫、反复威胁之后，从城堡大门上方的炮塔高处传来回复，很坚定："往回走吧，城堡关门了！"

不久，人们便得知了其中的原因：人们在等苏丹的到来。不只是克鲁亚，南边的拜特莱拉城堡、西边的剑角城堡也都关门了。

说到马车夫们，就在摩尔多瓦公主向窗外投去冷漠的目光时，邻县大公因之前未能控制住怒火而感到害怕，于是将这股火转向了公主：基督徒荡妇！知道公主不懂他的语言，他把怒火一股脑儿发泄到她身上。啊，这些荡妇，她们的一部分乐趣就是在土耳其士兵用血的代价征服的这些地区旅行！大公，带我们去约阿尼纳！带我们去克鲁亚，我们好在卡斯特利奥特的公寓里过夜啊！如果她们不要求在那儿被搞大肚子就算幸运了！唉，她们一声不吭，但很显然她们只想着这事儿！因为荡妇的脑袋里，转来转去总是会回到同一个点：被人亲吻！

*

或许这是同一天，图兹老爷旅行所乘的马车在离克鲁亚两公里之遥的地方经过。与斯科普里县大公不同的是（图兹老爷在上一个驿站已经听人讲了他的故事），图兹老爷丝毫没有受到淫秽念想，比如在那里过夜的诱惑（甚至根本没有过把女人搞大肚子的可耻想法，以及其他一些类似的可憎的行径），但是他还是加倍采取了一些预防措施，包括转过头去凝望城堡，仿佛车夫的在场不知为何使他局促不安。

马车在北方大道（曾经的王子大道）上奔跑着，这条路也通向莱什，图兹老爷要在那里小住，办一些事情。

旅店客满，大厅里壁炉的火刚刚点燃。

晚饭后，图兹老爷并没有像往常一样回到房间，而是面对壁炉在一块羊毛毯上坐了下来。

其他旅客也马上过来在他身边坐下。寒暄过后，大家或直接或委婉地试图打听图兹老爷的事情。所有人，或者说几乎所有人看起来都像重要人物，都来自首都，身负使命，但是这不但没有激起相互的嫉妒，反而神奇般地巩固了安全感，这种感觉是每人迟早都需要的，尤其是在这个偏僻地区，它离基督徒的寒冷大陆是如此之近。

关于斯科普里县大公的话题像是老天特意的安排，目的是为了充实晚饭后的时光。

斯科普里县大公在克鲁亚吃了闭门羹之后，为了不再遭受同样的侮辱，他去都拉斯那边的一个二等城堡请求接待，却没想到这次因为摩尔多瓦公主的缘故遇到了其他复杂情况，公主又哭又喊说她不想睡在粗陋的房间里，然后她半裸着身子急忙跑出房间，大公跟在她后面追至主庭院将她痛打了一顿，此院子正是叛乱者被处以绞刑的地方，追到更远处哨台的城墙上时，她从他手里挣脱，试图往城墙下面跳。

一阵直言不讳的嬉笑之后，他们后悔不该把这么多时间花在谈论大公的不幸遭遇上，仿佛是要弥补这一过错，他们自发地回到一周最重要的恰巧也是最严肃的话题：苏丹可能要访问阿尔巴尼亚。毋庸置疑，这个话题是最能瞬间在所有旅客中创造出一种等级的。执行过无数次任务的图兹老爷发现，上述此类情境，看上去最难暴露的恰恰是在阅兵仪式中最明显的：一个要员在国家统治集团中的地位。在旅店则很难，甚至无法掂量坐在您对面那个人的分量。当然，总有什么能显露出来，要么是通过旅客的着装，要么是通过他长袍上某种细微迹象，或者是通过他的侍卫。但这只是粗略的判断，甚至经常是迷惑性的。有时你看到一个穷人模样的人，在壁炉旁蜷缩着身子，表情呆滞，听着别人在那滔滔不绝，自己却不发一言；第二天，当他离开旅店时，你才得知，在国家机构中担任要职的正是他，而并非那些大声叫嚷饶舌的人。两三天后，这人在你之前走了，他走的这一路上出现了第一批绞刑架，上面倒挂着被绞死的人，随后是一些被钉在桩子上的人，然后又是一些被绞死的人，这回乌鸦正在啄食他们的尸体。这时，你不再无视他所占据的位置，相反，你终会意识到他有多么重要。

然而，有些话题谈论起来如履薄冰，苏丹可能来访的话题就是其中一个。讲话时不能给自吹自擂留任何余地：我曾去过财政大臣的宫中……或者：我与他儿子很熟，关于此人，一些嚼舌根的人到处散播谣言，说他非法贩卖军火……诸如此类的话。

其实，图兹老爷又一次注意到他们是何等小心翼翼地谈论皇帝，这表明他们的态度多么严肃。事实上，与其说是谈论皇帝本人，他们谈论更多的是皇帝此行背后的意义，因为人们刚刚推翻阿尔巴尼亚最后一座城堡。对于这个问题人们有不同的意见。一些人认为此次访问或许与阿尔巴尼亚在巴尔干半岛的影响力有关。另一些人则倾向于认为此行是为进攻欧洲作准备。图兹老爷钦佩地听着两个阵营的发言。根据他们的发言,立刻就可以得知,哪些人关心阿尔巴尼亚事务,哪些人关心欧洲事务。后者除了会使用一些外来词汇之外,还随身带着地图和字典,尤其是拉丁文字典,每次他们打开满得快要爆开的公文包时,总能隐约看到这些物品。乍一看,这些人好像最重要,尤其是话题涉及哪个领导层最适合把欧洲一分为二,是罗马领导层还是维也纳领导层。但是只需听另外一派的发言就知道阿尔巴尼亚的问题也同样复杂棘手。一个干瘪的男人,嗓门大得出奇,他坚持认为自己与公众的想法相反,战后那段时期总是比战争本身更艰难。"我指的是我们自己的战后时期,"他明确说,"而不是那些对我们充耳不闻的可笑国家。我打你,你就打我,我们一起拍板同意和平相处吧,你给我许多钱,把你姐妹或者你女儿许配给我,我们就不再提起此事了!""不,不,绝不!"他一字一顿地说道,边说边晃动他那长得令人害怕的手指。"我们发动战争却居无定所,勉强求生,就如在阿尔巴尼亚这里一样。所以我们需要解决的问题不计其数:按照我们的法律,未来土地再分配会怎么样?税收、人口迁移又会怎么样?——我的意思是:如果需要的话,从这儿给我带走一些阿尔巴尼亚人,再从那儿给我带几个库尔德人和罗姆人过来!……语言、宗教、习俗在未来又会是什么样子？路上，你一定看到了一些天主教堂，里面的钟舌都被拴住了，像是被割了舌头的人一样。我们还不知道接下来会做什么。东正教教徒，我相信会被宽恕，但是天主教教徒，我就不这么认为了。无论如何，我们在等上面的命令。"

一声干咳阻止了他继续往下讲，其他人即欧洲派趁机提到了匈牙利，更确切地说是军队在泥泞的大草原中行军的艰难。在山上，您思忖道：我对一切都做好了准备，包括在战火中前进，但不是这个！而一旦您陷入平原的泥泞中，您就会发誓，再没有比这更倒霉的事了！

听着两派为各自寻找论据，图兹老爷越发坚信，与两个阵营各自的使命相比，自己的最为棘手。

当他这么想时，身旁一个眼睛像水一样清澈的人对他低语道，人们谈论的所有这些事情最后都会找到解决的办法，而他本人负责的事情是另外一回事！……

图兹老爷最终也不知道自己是否愿意听另外一个故事。

简直是疯了！邻座的人用手指紧按着太阳穴说。

图兹老爷一动不动，仿佛什么都没听到。如果邻座的人想一吐为快，那是他的事！但是期待图兹老爷也这么做，想都别想！就算把他碎尸万段，他也绝不会这样做！

几个旅客起身道了声晚安。

晚安，先生们，其他人回应道。

那个眼睛如水般清澈的人试图吸引图兹老爷的目光，但最终放弃了，又说了起来。他继续用食指敲打太阳穴，这次不是表明失去理智，而是别的。尽管这还是与头脑有关。更确切地说，问题不再是失去理智，而在于改变脑中的内容。所有人都认为要想约束一个人的思想，首先必须让他对刑罚产生恐惧。很显然，这起着一定的作用。没有恐惧，人世间的一切都不会发生。不过，要让思想因恐惧而变得脆弱，必须长期耐心地对它施加影响。比如，众所周知，剥夺一个人持有武器的权利会影响他的精神状态。但是反之亦然啊！一个合法持有武器的人无疑是危险的，但非法持武器的人危险程度是他的三倍。因此……换言之……从某种角度说——等等，我好像跑题了……我们在讨论武器……也就是匕首……好吧！他脱口而出，然后独自笑了起来。

又有两位旅客站起来，打着哈欠说了声晚安。

他目瞪口呆地看着他俩，仿佛他们刚刚大声说了什么惊人的事情。

晚安，先生们，他喃喃道，接着舌头一下子不受控制了。最近这段时间，我们内部发生了争执，他说，眼睛紧盯着壁炉里的炭火。一名警卫声称禁止从屋顶排烟比禁止骑马更加紧急；另外一名警卫则不这样认为。的确，禁止通过烟囱的管道排烟最终会让你的生活渐渐恶化，同时受影响的还有精神、眼睛和思想；然而，禁止一个人骑马则能更快地摧毁他！您瞧，您一定巡视了一些地区，正忙于处理我所不知道的重要事情，您可曾试想过，没有马我们的生活会变得何等空虚？没有马，就等于告别了名誉和光荣，结果也就无法谈权利和尊严了！您剥夺了人们骑马的权利，要是再不让他跨着坐就更糟糕了……唉！我差点说下流话了！

图兹老爷装作没有听懂。我管的就是这类事情，那人接着说。犯一点点错误，您的结局就是被关进查那可-卡拉的单人牢房里！有时候，我感觉在那里面神经都要不正常了！……

你担心你会因为马和烟而变疯。我能说什么呢，可怜的我啊，我要操劳的事情太多了！图兹老爷想道。

看来图兹老爷看透了他的心思，于是他紧盯着图兹老爷问道：那你呢？

图兹老爷简单做了一个手势，可以理解为：最好不要触碰这片区域！

啊，这么说你在PQS任职？

这是什么？我向你发誓我从来没听说过这个！

这是*情报处*①的简称。

哦，不可能！哦，不会的！图兹老爷辩解道。

你别想歪，那人说。这是你给我的印象。

没关系。

你睡眠不好吧？

特别差。

这我有体会，那人低声说。几个夜晚过去，你在梦里再也看不到他们，你觉得自己安全了。但是突然，某个晚上，他们又出现了……

这家伙把我当什么人了！图兹老爷差点惊呼出来。但他还是忍住了，像对待刚才那人的下流话那样，他装作没听懂。

他的眼睛紧盯着火苗，像是在里面找东西似的。那人一直盯着他看，搞得他很不自在。他的嘴巴半张开，气势汹汹，目光越来越凛冽，图兹老爷每分每秒都在担心他会说出那个可怕的字眼。

他不由自主地在思考该如何答复，比如，"我不是你们想的那种人……"或者更简单，"我不是一名职业杀手，"这时，陌生人只是动了动嘴说：晚安！

晚安，尊敬的先生，他回答道，随即也站起身来。

---

① 原文为法语。

*

他知道自己会睡不着，事实也确实如此。过了一会儿，应该已经过了午夜十二点，他又看到了白骨在空中飘荡，但那情景却一点儿都不可怕。他知道，此情景只有一部分属于梦境，另一部分则是他的所思所想。他期待梦的那部分变大，压倒另一部分，但是事与愿违。他一个接一个地回忆起出发前收到的最后的劝言。这些劝言不但听不懂，反而变得越来越晦涩。就连那些劝诫他的人也都不知道自己在说什么。这些教导也貌似互相矛盾。都是些棘手的任务，他确信，但显然这次任务非同寻常。好像涉及一个著名的墓穴，即卡斯特利奥特墓穴，但具体要他干什么还不是很明确。有一回，该墓穴遭到亵渎，但不知是谁干的，让他去确认。又一回，有人传说亵渎者并不一定是政府的敌人，然而之后又听说，这种情况也并不排除！当人们根据某原始资料最终得知，该石碑重见天日之时就曾宣布遗骸已经缺失，一切都变得错综复杂起来。然而，没有人能解释，为什么土耳其军队到达墓穴所在城市的当天，军官们做的第一件事就是将墓穴打开。据另一原始资料显示，实际上墓穴并不是空的，而是土耳其士兵得知里面是奥托曼政府头号公敌的遗骸之后，盛怒之下，将其撒向四处。

图兹老爷始终搞不懂的是人们期望从他那里得到什

么。他甚至分辨不清整个事件中什么是与政府利益一致的，什么是与之相悖的。墓穴以及随之而来的整个疑案是就此了结呢，还是继续对其进行深入探究？其他问题也层出不穷，而且一个比一个令人尴尬："坟墓里有尸骨或者很久以前就被掏空了，哪种情况更好？尸骨被将军的敌人偷走了好呢，还是被崇拜他的人偷走了好呢？"

我快因此精神失常了，一天夜里他对妻子说。我不知道他们究竟想让我干什么：是想让我找到还是不想让我找到这些尸骨。如果我找到了，我担心他们会说：你干吗要把它们找出来？如果我没找到，他们又会同样质疑我。

直到最后一天，即他出发那天，没有任何进展。路上，他被同样的问题所纠缠，有那么两到三次，当他看到后面有马车追上来时，他以为有人要抓他。而他这样想的时候，他并没有感到特别害怕，甚至还有一些慰藉。他脑海中产生了一个念头，使他不再受恐惧折磨，甚至有种如释重负的感觉。

*

一个阴郁的早晨，他离开旅店。他的马车在门前等着他。上帝保佑！他登上马车时祈祷道。路的两旁是悬崖，呈现出一片冷冰冰的景致，像是冻上了一层霜。就连到处可见的低矮灌木和罕见的花都像是铁做成的。这与他心目中的基督教大陆的形象十分吻合：杀气逼人，没有灵魂。

他右边，克鲁亚城堡的一面城墙笼罩在雾中。不知为何，他觉得卡斯特利奥特公寓（即一些任性的女探险家们被搞大肚子的地方）就在那边。有那么两三回，他又想起了斯科普里大公，更确切地说是想起了摩尔多瓦公主的小腹；奇怪的是，想到公主的小腹毕竟跟其他女人的不一样，他便感到些许安慰。你是真的疯了，在这个想法浮出脑海时他对自己说。他没有祈祷保佑他回到糟糠之妻的身边，他的思绪在公主们的小腹中游走，他甚至惊讶地发现自己嫉妒起那些与公主们厮混在一起的人来。

下午晚些时候他才到达莱什。教堂里空荡的坟墓前，持长枪的守卫放肆地打着呵欠。墓穴上方有两块木板，无数参观者可以从一头走到另一头，这样，他们可以从不同角度观看那个大张的洞，最终都明白点什么。

图兹老爷也不例外，走出墓穴时他坚信，越测探这个张开的洞，内心就越发空虚。此刻，他的动作跟其他人一样，甚至跟他们一样说着同样的话，他相信最终自己也会赞同那些悲观的想法。

我们就指望你了，图兹老爷，别让我们失望，情报部秘密参赞对他说。至今，所有去过坟墓的人回来都像是中了邪一样。这太奇怪了！所有人都说，该坟墓隐藏的秘密对他们现身了，但转瞬即逝。

图兹老爷感到身体渐渐僵硬，身上穿的长官服紧贴着皮肤，一股强烈的寒意似乎将他一边的脑半球往另一边猛推。我会记住你的！他对坟墓说。

他的思绪凝固了，但马上又活跃起来。不，他不会放弃这个洞穴的！他要挨着它入睡，醒来。必要时下去睡在里面，甚至盖上棺木。他乞求它，威胁它，一遍又一遍亲吻它，抚摸它，用指甲划破它，诅咒它，但是最终他将揭开它的秘密。

在他如玻璃般清澈的眼神的作用下，守卫一下子停止了打呵欠。长枪在他们手中颤抖起来，但是他却心不在焉，什么都没有注意到。

*

整个晚上，乃至之后大半个夜里，他都在浏览《亡者簿》。他从来没有得到过如此缺乏条理的编年史。一本真正的杂乱无章的书，一本无可比拟的乱写的书，人名、日期、摘引、赞语、诅咒、证词都是用超过十种语言和同样数量的部落方言写成的，在这些无法辨别的符号中，还有一些拉丁文和希腊文胡言乱语。人们绞尽脑汁钻研这本旧书，但毫无结果，很难从中提取一个可靠的数据，后者会立刻消失在一堆相互矛盾和无意义的语句中。

之前好几年，占据这块墓地的是乔治·卡斯特利奥特（又名斯坎德培），他在路上遇到了蒙着黑纱的死神。死神对他说，我从天上来，我在天上看到生者名单上你的名字开始被阴影笼罩。乔治的眼睛透出痛苦的神情，然后他问道：那阿尔贝里①的名字呢？死神摊开双手表示对此一无所知。乔治发出了一声深沉的喘息，一下子倒在了自己的坟墓上。在那里一躺就是九年。

两个月前，就在土耳其和摩洛哥步兵营到达莱什城堡的那一夜，墓穴在不明的情况下被打开了。城堡被攻下后，士兵们在惴惴不安中再也不知道自己在做什么，接下来更无法对自己的所作所为进行解释。一部分人坚持说墓地早已被打开，四散的遗骸是一个和尚的。其他人则否认这一说法。双方发生了争执，还打赌，一些人造谣说尸骸被授予一种庇护的权力，其他人散布流言说尸骸有毒。很多士兵（之后又有很多官员）因此被投入监狱，但这并没有令此事终结，反而更促使了流言的散播。

坟墓的谜团越来越令人关切。如果它确实是空的，那么谁盗取了其中的尸骨呢？其他相继死去的王子？他

---

① 阿尔巴尼亚的旧称。——原注

的近亲？他那没等到当上王后的妻子？为什么带走尸骨，要把它藏到哪里？藏在被诅咒的山顶？抑或欧洲某地道中？

带着路上的尘土，官方车队也散布一些新消息。这些消息一直传到最不关心此事的地方的首都。图兹老爷，把我从这使我夜不能寐的讨厌的事件中拯救出来吧！教会大臣杜曼·巴沙对他命令道。我就指望你了！

图兹老爷耷拉着眼皮，像是在祈祷。翻阅《亡者簿》时，他都不停地在自言自语。

不难推断，这个坟墓藏有魔法。要想知道此魔法怎样使得教会大臣夜不能寐，这就更难了。苏丹的睡眠暂时还好，但也不是一点没受到影响。

一座令人困窘的坟墓，这不是新鲜事。它在顷刻间遭亵渎的方法也很老套，尤其是参照军队目前使用的方法来看。就像《亡者簿》所显示的，亵渎圣物也是每个人想到的首要原因。但所有人马上就放弃了。放弃的原因不是由于某个诅咒，甚至某条盘踞其中的蛇，或者任何其他阻碍。仅仅空坟墓本身就使这事变得难以理解。

在这种情形下，人们想到的第一件事就是：填满。换言之：配备，使它变得正常，以便日后更好地损毁。但是，这样的话，推理变得复杂起来：填满，可以，但用什么填呢？如果就像某个疯狂的传言宣称的那样，遗骸被士兵夺走了，那至少人们还能找到弥补的办法。人们挨个搜索步兵营寻找那些没脑子的年轻肇事者，用这种办法来拼凑至少一部分骨骸。然而，之后的调查无可反驳地证实了墓穴被发现时已经是空的了。

事情到这里就再也没有进展了，教会大臣对他说道。空永远是空，除了在目前情况下。这里的"空"可以解释一切。一切都取决于你的报告的主导思想是什么，片刻沉默后大臣补充道。

大臣向他出示了一封信，是科尼亚一位神秘主义者寄给他的，信中清清楚楚地写着：噢，大人，你的星象升上了苍穹，但要当心一个空坟墓！

在他漫长的旅途中，最令他痛苦的就是这个字：无。精疲力竭，他最终认为，如果必须不惜任何代价找到东西来填满这个坟墓，这只能是根据坟墓的本质，即"空"来操作。因此需要用另一种空来填满空坟墓。

如此思考下去，他担心他的脑袋抵抗到一定程度，最终会爆炸。于是他试着把一切都铺开。在《亡者簿》中，他读到过一些跟他的使命有关的词语。还是关于墓穴，但这次是一个名叫巴拉坂的将领的墓穴，他是一名阿尔巴尼亚籍的土耳其近卫军士兵，半个世纪前，他第一个把土耳其旗帜插到君士坦丁堡城墙上，他因此被提升为帕夏①。如此看来，这也是坟墓的对峙，人们甚至使用"双坟之争"这个表述，这就意味着此后阿尔巴尼亚的历史似乎由一空一满两座坟墓的冲突来决定。乍一看，有识之士倾向于认为满的将战胜空的。但是人们还没来得及为这一见解感到高兴，质疑就扑面而来。

当心缺失的死者！一位隐修教士说的这句话似乎一直是含糊不清的。他并未明确究竟缺失的是什么：是活在世上的人的缺失呢？还是埋在地下的人的缺失？

乔治·卡斯特利奥特在两个世界都缺失了。那个被他在战场上杀死的巴拉坂被奥斯曼人奉为英雄，被阿尔巴尼亚人当作叛徒诅咒，但至少证明他在地下是不缺失的。

这不公平，正在努力入睡的图兹老爷喃喃说道。他很想摆脱这种在公平和不公平之间的犹豫不定，只想能睡一会儿。但他就是无法摆脱两难处境。奥斯曼将军被叛徒乔治所杀，毋庸置疑这是不公平的；但是更不公平的是将军的缺失使得到处弥漫着恐怖。

目前，可以肯定的是，一切不幸都只因为将军的缺失。他热烈祈祷保佑。某个时刻，他感觉有人拿着点燃

---

① 奥斯曼帝国的各省总督，或土耳其对某些显赫人物的荣誉称号。

的蜡烛靠近他的面颊,他睁开眼睛,知道了原因,一束微弱的阳光透过窗户的一角落在他的枕上。

*

第二天,图兹老爷来到了古老的天主教教堂调查。据说,半个世纪前,阿尔巴尼亚王子们将一份秘密条约封在了教堂的墙里。如今的教堂已经另作他用,跟其他教堂一样,钟哑了,像是在等待处理。神父的眼中透出沮丧。关于坟墓,他们不愿意对此作任何评论!图兹老爷以为他们会像往常一样指责,但他们死不开口。无论图兹老爷怎么鼓励,他们仍然保持沉默。他认为他对墓穴遭亵渎表示不满时,神父们至少会点头表示同意。随后,图兹老爷不无伤感地宣称,如果人们相信那些嚼舌根之人的话,墓穴早就被盗了。神父们一副漠不关心的样子,耸耸肩,仿佛这是发生在月球上的一件事。刹那间,他不由自主地想象神父们正在运送他,或者更确切地说,是将挖出的他的尸骸,运往什么地方。

晚上,他回到带壁炉的大厅,旅客们晚饭后通常聚在那里。一点儿都不难推测为什么这里的谈话跟在其他旅店里的谈话几乎相同:其中很大一部分旅客都是相同的一拨人。他了解到,两道圣旨都已经颁发出来了:禁止排烟和禁止骑马,而人们预计,前者比后者更重要。

所有人谈及圣旨时都带着无限的敬意,甚至夹杂着一丝因没能快速理解圣旨的内涵而产生的内疚感，对壁炉管道的圣旨便是如此。

他们举了一些理解有误的例子，有些相当复杂，"仆人"这个词就属于这种情况，它迟早会取代"人类"。您是不是已经想过，要是"人类"或"人"这些词像这样自然而然地被"奴隶"取代，那该多好？

啊，不，没到这个地步呢！一位旅客惊呼道。我觉得太过分了。但其他人回应道：为什么？甚至有个脸上布满雀斑的人补充道：我们生活在一个如此美好、如此令人陶醉的时代，精神可以飞往之前不敢去的地方。在这样的时代，失败主义者无容身之所。

图兹老爷感到胸口突突地跳。他觉得所有目光都汇聚在他身上：可能他就是失败主义者中的一员！一位失败主义者在一桌狂热分子中无立足之地！

整个上午他都在对面教堂一个叫吉庸·恩德雷卡的神父的陪伴中度过的。兜了好几个圈子后，谈话回到同一个问题：空坟墓，基督的空坟墓。图兹老爷知道这个故事的一些片段，但这是他第一次花时间深入了解它。不只是故事本身，其他一些东西也令他着迷：与图兹老爷这个土耳其人的感觉不同，天主教神父好像一点都不为这个"空"而苦恼。有那么两三次，神父甚至差点提醒他注意：我感觉你非但不痛苦，而且还乐在其中！

要不是担心图兹老爷会受到惊吓,他便提醒他了。

美好时代,没有错,红棕色头发的人继续高谈阔论。很难想象还有比这更好的时代了。我们的奥斯曼帝国很快将消灭欧洲。有一次我目睹了一条巨蟒吞食一只母鹿。这很可怕,但又很美。事情会仍然这样进行下去的,一切将从这里开始,从巴尔干人开始。

巴尔干人,这是什么意思?一个声音问道。我第一次听到这个词。人们现在就是这样指称巴尔干半岛的。

红棕头发的人被自己的话点燃了激情,向四周投去威胁的目光,像是在寻找不同意他观点的人。但是在座的没有一个人在这方面流露出丝毫迹象,于是他为自己制造出了一个对手。盛怒之下,他有点儿气喘吁吁,突然大声说,奥斯曼政府高级官员不应自寻烦恼,不必担心不幸者思想变坏,这些人将会对苏丹卑躬屈膝,无论他们是阿尔巴尼亚人、匈牙利人,还是法兰克人;此后,重要的不是被统治者的思想,而是统治者的思想。所有人都要为这场巨大的变革做好思想准备:单大陆政权将要变为双大陆政权。奥斯曼思想,尤其是奥斯曼灵魂,要对这样的一分为二做好心理准备。

我们的头脑!他用手指敲打着太阳穴喊道。先生们,你们明白吗?这里面才是应该做好准备的地方!

你是想说,从此以后,我们需要两个脑袋吗?一位上了年纪的旅客用嘲讽的语气问。

没有一个人发笑。红棕头发的人呆住了，在场的好几个人恶狠狠地向发问者投去谴责的目光。

我并无恶意，这人说。我请求您的原谅。

有人拿起火钳去拨火，这使得沉默更加令人无法忍受，直到另一个人把话题转向斯科普里大公和摩尔多瓦公主。

旅客们都松了一口气，以嘲讽的口吻打听起他俩蜜月的消息。

呵呵，好啊！拿火钳的人回应道。

听着他的讲述，旅客们笑得合不拢嘴。大公和摩尔多瓦公主在路边的许多旅店发生了姘居的暴力场面后，在一座寺院结束了行程。

别人越是哈哈大笑，图兹老爷就越发不自在。他感到自己在这里完全是个局外人，好像这还不够，他身负的使命和要编写的报告现在在他看来不仅是非常危险的，而且还属于背叛行为。

想到这里他呆住了，尽管他无法集中精力想出这种背叛究竟是针对谁。

不针对任何人！他自言自语道，他希望打消这种疑虑，但他没法摆脱疑虑。

剩下的最后一个周末,整整一天他都是在神父的陪伴下度过的。谈话有些拐弯抹角,然后不可避免地回到了基督之墓上来。他想知道关于这方面的一切,尤其是关于基督徒之间的战争,基督徒认为弥赛亚升天之后,墓窖就是空的,对立方则认为墓穴从来就不曾空过,基督的躯体是被其信徒从墓穴里盗走的。

神父说话时,图兹老爷那忧郁的眼神一刻都没有离开他。

根据我从这个故事推断出的结论,你们所有基督教义都是建立在这个空坟之上的,他最终说道。没有这个故事,基督教便站不住脚。

基督教教义建立在我们对基督和圣洁的信仰之上,神父回答他。

图兹老爷挤出一个微笑。

我们俩说的最终是一回事,他说。坟墓之空证实了基督的神圣。

他俩可能立刻都忘了他们打这时起说的话,因为两人都心不在焉。

神父,我想问你一个问题,希望你能如实回答,图兹老爷说。

我从不说假话,神父宣称。

延迟提问的时间对他俩来说都是件难受的事。

图兹老爷终于开口了:

还是关于坟墓的事。但不是基督之坟,而是这个(他用手指指着乔治·卡斯特利奥特的墓穴)。我想知道:这个空墓意味着什么?

神父的眼神变得茫然。图兹老爷亦如此,甚至有过之而无不及。

我换种方式问你,他又说道。如果基督教建立在我们所说的缺失之上,那我们力图在卡斯特利奥特的空墓上建立什么呢?

长时间躲闪之后,二人的目光终于相遇了。

我们力图建立什么呢?神父重复道。你认为是什么呢。

图兹老爷很少像今天这样疲惫不堪,他觉得回旅店的力气都没有了。

整个下午和一部分晚间时光,他只在那儿写报告。他两次将写好的全部撕毁,然后重写。他从来没有觉得奥斯曼语言使用起来虽然说不上十分困难却也如此别扭。一切都取决于你报告的主导思想,教会大臣对他说。但这恰恰是令图兹老爷害怕的地方:奥斯曼人让阿尔巴尼亚屈膝臣服,现在应该摆脱卡斯特利奥特的幽灵了。

当他最终上床时,已经过了午夜。请你保护我,哦,他含着泪祈祷道。

他昏昏沉沉刚要入睡,一辆停在旅店门前的马车发出的吱嘎声将他吵醒。他从床上起身,浑身颤抖。不知为何,他回想起一次葬礼上,用餐时听到的一句话:以前,逮捕都是私下进行,现在,一有逮捕,半城的人马上都会知晓。

外面传来旅店老板的声音:"您去上面能找到他!"然后又有两个声音,一个沙哑,另一个尖得像一把剑。从什么时候开始求助太监进行抓捕了?他心里想道,他再次祈祷,如果这样的事情发生在他身上,起码可以使他免受蒙古式酷刑。

从这走,大公,旅店老板说,手好像指着图兹老爷的门。图兹老爷惊魂未定,只听那个尖嗓子发出了一声刺耳的喊叫声,就在那瞬间,他想到是摩尔多瓦公主!

过来,臭婊子!斯科普里大公大喊道。他们站在卧室门前,继续用各种语言互相谩骂了好一会儿。他对她吼:臭婊子。她回应道:喂!喂!变态……鸡奸犯……

*

马车距首都越来越近,一切都变得更加欢快起来。

当莫纳斯提尔①的瓦利②得知图兹老爷路过此地，便邀请他吃晚饭。其他城市的一些官员，看来早已得到消息，也表现出极大的好奇心想见他。尽管没人提及，但他感觉所有人都知道他在写一份秘密报告。他开始相信人们对"某人的星象正在上升"这句话的理解，此话所指与这情形很相似。约阿尼纳的瓦利用一种相当明确的方式让他明白，他这样的人是奥斯曼政府当今局势下的栋梁之材。在希腊北部边境，他有资格享受平常用来赞美知名艺术家的话。

旅途的第四个夜晚是在帝国古老的边境线上，这个夜晚使他震惊。他回忆起那些有关"双大陆"帝国的谈话，还有飘荡在克鲁亚城堡上空的雾气以及最终没能在城堡中被搞大肚子的摩尔多瓦公主。

看到他的证件，快睡着的旅店老板卑躬屈膝地跪地行礼。图兹老爷告知他已经用过晚膳，只想好好睡一觉。

您只管放心，老爷，旅店老板对他说。您将睡在特别为您准备的房间里。

入睡前，他再一次摸了摸长袍内袋中的报告。他忽

---

① 突尼斯共和国莫纳斯提尔省的省会。
② 奥斯曼帝国统治时期所用的称号，指政区的统治者。至今仍有一些国家使用。

然想到，这份起初让他受尽折磨的报告，现在成了他的好运。

他已经睡下了，这时他感到门正在被打开，接着有人来到他身边。不，不，他说，并没有真的醒来，他不需要腿部或胳膊按摩，也不需要其他护理以及那些高官们享受的精心照料。他只需要一点时间。在这里，眼下他想要的，就是睡觉。

明天，睡眠中的他又说道，这时他感到有个冰凉的东西绕在脖子上，难道是某人主动送给他的一串上好的珍珠项链？这事不能等到明天吗？他假装用一种抱怨的口吻说道，就像那些贪吃蛋糕的人假装不情愿接受蛋糕一样。

使用绳索勒死，比惯常操作更节省时间。此手段也是以简洁的文笔被载入《恐怖簿》的："绞杀过程无资料可查。"

选自《玛力·易·罗比》，二〇〇八年七月至八月

俄耳甫斯问题

俄耳甫斯极其隐秘地做好了一切准备。除了知道他对里拉琴进行了改良，其余一概不知。这项改良涉及琴弦的数量：从以前的七弦变成了九弦。起初，人们认为这不过是平凡之举，随后传闻这或许是数世纪以来最伟大的创新。

由于俄耳甫斯是赫赫有名的音乐家，说他这项重大发明将载入奥林匹斯诸神史中，这不是没有可能的。我们都爱俄耳甫斯，宙斯如是宣称，然而禁止其他所有人做的事情，我们也不能允许他做。更何况他并未解释清楚为何要添加两根额外的琴弦。或许我落伍了，但我觉得我们所有人的耳朵都听惯了祖传的七弦琴的声音。

他的左边是普罗米修斯，人们总是指望后者对所有可能类似反叛之事加以称赞，对此他却持保留态度。令人惊讶的是，一贯谨慎的阿波罗却为俄耳甫斯辩护。他甚至带着相当大的热情，不仅向这项革新致敬，还要求将缪斯女神的琴弦数目也同样增加到九根。

这场辩论（甚至在阿波罗干预之前）就预示会是一场硬仗，而实际情况比预想的还要激烈。俄耳甫斯的反对者们叫嚣道，艺术家们太任性了！今天他们要多加两根弦，明天还不知提出什么样的疯癫要求。至少他们应该说明理由吧！战争之神插话道，在我们这里，如果有人建议使用新式武器，那么事情很清楚：你是否希望你的枪比对手的多出二或十二拃的长度以便更深地刺穿他的皮肤？像这样说服我们，我们会同意的！我们没时间浪费在喋喋不休的争论中。

放艺术家们一马吧！嗯，可以，但是，之后呢，我们又会回到这上面，就像二十世纪那样……如此这般的支持和反对声持续了好一阵子，直到总是犹豫不决的宙斯最终否决了这个提议。显然，他知道别人不知道的一些事情。

在只谈论俄耳甫斯事件难忘的那一周里，人们就这样谈起了奥林匹斯。问题不在于同意还是否决他的改良。还有一件事情，宙斯是唯一的知情人：俄耳甫斯年轻的未婚妻正受病痛之苦。她日渐憔悴，全身，尤其是胸口疼痛。包括宙斯在内的所有人都不知晓的，便是这姑娘的疾病与里拉琴上新加的两根琴弦的关系。

真相浮出水面需要一定的时间，尤其是在俄耳甫斯的未婚妻欧律狄刻去世之后。俄耳甫斯于是开始祈求不切实际的事情：让未婚妻从冥间复活。迄今为止，艺术是他用来争取荣耀和愉悦灵魂的，如今却成为获得不可能得到的许可证之工具。他需要用歌声感化地狱的各级官吏，直到冥王哈迪斯本人听到他的歌声。瞽目的冥王被这位艺术家的歌声和诉求所打动。对奥林匹斯山的奢华生活习以为常的艺术家们很少想起这片黑暗之地。然而哈迪斯没有因他们的蔑视而迁怒于俄耳甫斯。相反，他尽其所能为俄耳甫斯提供帮助。他不强求俄耳甫斯回报，也就是饶舌者乐于讲述的事情：如一首歌颂黑暗之荣耀的歌，或者一场为亡者免费演出的音乐会。这不是哈迪斯的风格，他应当尽显伟大君主的风范，尽管事情并不那么简单。至今还从未有人能够从地狱还阳。然而，哈迪斯坚信无论有多少艰难险阻，除了守卫在入口的塞柏拉斯犬，其他都是可以战胜的。不，我们不能从对着一条狗唱歌的伟大的俄耳甫斯的角度看待问题。此外，即使他考虑到欧律狄刻而同意这样做，我们也无法判定结果如何。塞柏拉斯犬属于从未见过的物种，对一切凡间和神界的干涉都无动于衷。

或许还是有一线希望呢，俄耳甫斯说。他谈到自己将两根著名的琴弦引入音乐艺术而带来的创新。对此哈迪斯只是略有耳闻。

俄耳甫斯早就预感到，命运之神为他制造了艰难岁月,他没有大声喊着反抗命运,急切寻找拯救自己的工具,他感到有一种不可抗拒的力量将他推向寻求一条不可思议的音乐之路。

两根琴弦之谜在那个夏天令奥林匹斯山上那些好奇的人饱受煎熬。这两根琴弦到底是什么?为什么要加上?它们有什么用?这个谜总归要揭晓。

哈迪斯摇了摇头,深表怀疑。俄耳甫斯希望用歌声感动塞柏拉斯,而这犬据守入口,不让任何人迈过地狱的门槛。如果说还有一线希望,那也绝不能指望这犬不可确定的宽厚,而要抓住它昏昏欲睡的时机。

俄耳甫斯坚信自己能够成功。好吧,祝你好运,哈迪斯说,然后向他提出了最后一个条件。俄耳甫斯和哈迪斯本人之间的一条强制性条约,换言之,俄耳甫斯与死亡之间的条约。该条约看似非常简单,因为能否履行只取决于俄耳甫斯自己。

如果取决于我,我肯定会照实执行,不管条款有多残酷。

那我们走着瞧,哈迪斯说。他向俄耳甫斯简要陈述了条约内容。

该条约像新加的两根琴弦一样引起了不少争议。其中是否暗含了隐藏条款?如果有的话,为什么不能公之于众?

可以预料一旦真相大白,谣言就不攻自破。条约是的的确确存在的。如往常的条约一样,内容简单:塞柏拉斯一睡着,俄耳甫斯就只需答应一个条件:出地狱前他不能回头看跟在身后的未婚妻。最关键的就是,无论他多么痛苦,多么急切,都不许回头。如果回头,他将失去心上人,永远失去。

遵守上述条约在大多数奥林匹斯之神看来易如反掌。只需避免回头看即可。这就像跟心上人同床共枕却不能够抚摸她,可以想象其残忍程度。传言说,艺术家们总是受到尊重,而其他人稍有不慎就被无情打击,这种说法甚嚣尘上。直到有一天,消息传来,俄耳甫斯浪费了他的机会。当未婚妻万分焦急地呼唤他时,俄耳甫斯忍不住回了头。一些人同情他:可怜的人儿,急于重逢是他失败的理由;其他人指责他软弱:艺术家们就是这样。

还有第三类人,话不多,但持有截然不同的观点。他们坚信条约有所偏袒。俄耳甫斯跨过地狱门槛时,身后根本没有欧律狄刻跟着。往回看的那一眼便发现了这残酷的真相。俄耳甫斯并没有确认过未婚妻在不在,所以他认为她一直在身后。而当他的目光寻找她的那一瞬间,未婚妻因他的失误而消失。因此,无论哪种情况,得胜的是虚无,俄耳甫斯必然失败。

如果俄耳甫斯没有掉进陷阱呢？一个声音问道。如果他严格遵守条约，不回头，那将会发生什么呢？

会发生什么？……他回头看的那个时刻必定会到来……路途漫漫，夜幕会降临……显然，条约并没有规定禁止回头的具体时段……因此不能排除另外一种结果……

像每天晚上一样，剧院陷入黑暗中，剧作家却感觉内心深处有一束微光在闪耀。他走近演员平常出入的正门，令他惊讶的是，当他点燃香烟，他在幽暗的微光中认出了门房熟悉的身影。

他向门房道了声晚上好，然后问他剧院里是否有人还是自己在做梦。

门房回答他，是管道工在里面维修，如果他愿意，可以进去。

他道了谢，径直向入口走去。这段时间以来，他养成了一种习惯，喜欢坐在空荡的大厅里九到十三排之间，在那里度过很长时间，眼睛凝视着舞台。起初，人们以为他是心血来潮，后来认为这是某种癖好，最后归因于他陷入了创作危机，尽管没人在这种情况下使用危机这个词。他自己则竭力不做任何解释。他坐在那里感觉很好，就这么简单。深红色的帷幕在他的想象中轻而易举地变成了一位稍有愠色的妇人的长裙，也不知谁在何时惹怒了她。

扶手椅以及包厢的绒毯，包括工作人员的制服也都是深红色的。

他的几部戏剧可以说就是在这样的情境下构思的，在空荡的剧场里，双眼凝视着舞台。

舞台的两旁有两条侧梯，光线昏暗。通常人们不会注意到它们，但是当侧梯上的小灯亮起时，观众就知道人物要出场了。除了少数例外情况，出场的都是来自帝国庞大阵容的反面人物，从柏林到上海。他们惊恐万状地从防空洞、颓废的夜店，甚至虚无中出来。可疑的管道工，北约间谍，第八、第十一，甚至第二次全会上被识破的阴谋家（据很多人说第二次全会从未召开），这些人带着痛苦的表情上场了。紧跟其后的是天主教神父，流氓和他们的妓女，甚至是幻想破灭的索古一世的幽灵。

实际上，相比舞台，楼梯承载着他更多的希望。当然，如果运气不是太差的话。

小灯的光像在某种神秘气息的作用下摇曳不定。别停下来，噢，上帝保佑，他自言自语道，不太清楚自己为何说起了古阿尔巴尼亚语。

首先映入眼帘的不是人物，而是一个顺着楼梯往上爬的影子。剧作家知道这正是他等待许久的那人。那人手中拿着加了两根弦的古老里拉琴,这两根弦像所有金属质地的零件一样,从远处就能辨认出。

他呼吸困难,注视着眼前发生的一切。他的未婚妻会像人们讲的那样跟在他身后吗?抑或他身后根本就没有欧律狄刻?

我们是自己深重灾难的制造者,他想。而此时,就在手持改造过的里拉琴的男人身后几步远的地方,一个女孩出现了。她来了个急转弯躲开了酣睡的塞柏拉斯的身体,然后,如同大部分巴尔干半岛少妇那样,低着头,紧跟在俄耳甫斯的身后。

不!剧作家暗暗惊呼道。这已经是无数次重复、人类无法摆脱的"不"了:别回头,如果你不想失去她的话!

俄耳甫斯,女孩喊道,声音微弱。

剧作家闭上了眼睛,不忍看接下来发生的事情。

节选自《被束缚的女人》,二〇〇八年

蛇的婚礼

奇怪的是，没人记得那个小女孩的家人或家族究竟犯下什么样的过失。而这可怕的过失只能通过她的牺牲来弥补。

父亲把她叫到客厅里，她低着头听到对自己的裁决。这很难，父亲再一次提醒她。她也一样，再次对他说：父亲，不论是什么结果，我都接受。她已经决定服从，不论结局是被关进修道院中，还是嫁给一个九十岁的老头，甚至是被埋在新桥的桥墩下。

她已下定决心……然而，当她听到这最终的判决，顿时面如死灰。"你说什么，父亲？要我嫁给一条蛇？"她期待自己听错了，但这点希望也瞬间破灭。是的，她必须和一条蛇结婚。不是一个阴险狡诈，或因为外貌或其他原因而有个外号叫"蛇"的男人，而是一条真正的蛇。

*

这个可怕的消息带来的震动比十月中旬的北风更加

剧烈。有些人觉得困惑：且不说这想法本身有多么荒谬，为什么还要将它公之于众？而另一些知情者明白，公布这件事是合约中的条款之一，他们沉默不语。

少女的家里从早到晚都回荡着敲门声。来访者受不同的情绪所驱使：有想要安慰这家人的，也有想更加惹恼他们的，或者是出于好奇想知道来龙去脉的……还说："为什么要接受？为什么不先和我们商量一下？违背诺言吧……不，还是信守诺言吧。因为情况可能会更糟……会有更坏的事情发生……"

渐渐地，不那么反感的人多了起来。总之，人们应该更冷静地看待这件事。刚听到这样的事，你肯定会感到后背发凉，但仔细想想，也没那么可怕。"与蛇结婚"这件事换个角度看，也可以视为迫不得已将一条蛇接到家里来。一个荒唐的契约，这是毫不置疑的，但这世上超越理性的事情还少吗？在家里养蛇并非罕见的事。甚至有句谚语是这么说的："我在我的乳房里养了条蛇。"这说明在某个时代，这种做法很常见。还有一些国家，例如古代的中国和印度，在家里养蛇就如同我们在家里养鸡一样。所以，这件事不应该被视为人间悲剧。对罪犯或犹太人的惩罚或报复，其中有一项规定也是这样的，也可以被当作是一种犯下重大的罪行如杀人后的赎罪。

*

这件事虽然被很多人称为不祥的灾难，毁灭他人的狂热欲望，阿尔巴尼亚式的荒唐，不合时宜的古怪事儿，令人感到羞耻和恐怖的事件，却也走到了最后一步。如同将订婚公之于众一样，举行婚礼也是必须履行的条款之一。于是，婚礼按照传统举行，只有一个不同之处：不是新娘嫁到丈夫家，而是新郎来到妻子的家里。教堂出于轻蔑而没有介入。

人们用皮毛将蛇包裹，放入篮子里，拴在马背上，傧相们佩戴着武器，和他们的领头人一起随行，就像真正的婚礼那样。人们唱着婚礼歌曲，开枪鸣炮。最后，傧相们像来时一样骑着马回去了。夜晚来临，年轻的新娘，即从此之后被称作"蛇之妻"的被带到婚房中，它正在那里等她。

*

不知道这一家人是如何度过那个夜晚的。他们可不是唯一备受煎熬的人。整个村里，没有人合眼。每个人都等着听到一声惨叫——年轻新娘被她的丈夫咬噬时发出的喊叫，或者是她的家人发现她尸体时的惊呼，或是随便什么人面对这样可怕的情形而发出的呼喊。

但那个夜晚在平静中度过了。黎明悄无声息地来临。为了弥补漫长等待带来的困倦，有些人趁着清晨打个盹。他们惊奇地发现，当好奇心超越了极限，开始变成折磨人的东西。

早晨没有让他们失望。首先，他们小心翼翼地来到那家人门前，然后鼓足勇气敲了敲门。他们毕竟是一个村的人，没有理由对于围墙内发生的事情漠不关心。

当主人脸上挂着微笑出来迎接他们的时候，村民们都目瞪口呆，一句话也说不出来，尤其是他们等待的时候，看到年轻的新娘欢快地穿过屋子，脸颊和头发上的新娘装束完好无损，看起来容光焕发。

他们全都盯着她看。她的脸颊上泛起了淡淡的红晕，同时，像在照一面隐形的镜子一样，扬起一抹不易察觉的微笑，眼波流转。她是一个坚强的女孩，整个夏天她都将痛苦埋藏在心底。现在，她似乎再也无法掩饰自己，但不是掩饰悲伤，而是快乐。

她肯定是丧失理智了。她竭尽全力去忍受这十恶不赦的决定，但最终还是像碎玻璃一样被击垮了。多么可怜的姑娘！

这是所有人眼神中透露出的第一反应。但紧接着，他们就皱起眉头，起了另一个猜想：这家人趁着夜里把蛇给杀了，就这样将所有烦恼抛到九霄云外。

他们带着这样的想法，用眼神相互默认，走出屋子，不再有备受煎熬的感觉。这是唯一可能的解决办法，他们自己也设想过无数次，但不敢大声说出来，怕被认为是一种罪过。

下午晚些时候，驯蛇师们回来了，气喘吁吁的，并且看上去气势汹汹。

"新郎！我们要看新郎！"他们站在门口喊道。

新娘的父亲早就预料到这次来访，邀请他们进屋，领着他们来到婚房。

蛇盘成一团，安安静静地躺在婚床的里边。他们走过去，仔细查看它，然后为自己无理的怀疑向主人致歉。最近，人们变得如此恶毒和狡猾……有人挑动他们起了这可怕的疑虑。

没事，没事，主人回答道。没什么可惊讶的。这世界本身不就是一个无穷的谜团吗？

*

一周又一周过去，树叶随着秋天的到来逐渐变黄，伴随着渐渐消散的好奇心一同慢慢腐烂。寒冷和雨季到来，就像每个冬天来临之前，人们重新点燃壁炉，窝在家里。

在那个与蛇结亲的家里，一切照常，就像什么都没发生过一样。少妇越来越美丽。不只是她的眼睛，她的整个身体都展示着快乐。她瘦小的乳房开始丰满起来，走路时髋部轻轻摆动，带着微微的震颤。某天，她或许会对父亲说："父亲，谢谢您让我结婚。"但即使嘴上没有说，她的眼神已经表达了一切。

每当夜晚降临，她要花很长时间在镜子前梳妆打扮，然后再进入婚房。早上，她醒来时看起来很疲倦，但都比前一天更加容光焕发。

有人说："底层社会就是这样的。某一天，你绝望至极，但接着又能找到解救之道。"

另一些人则大惊小怪：人可以和蛇一起生活吗？不！不！她自己继续下去吧，我们可不行！绝对不行！

女人们都窃窃私语，说年轻的新娘某天会像所有已婚女人那样，带着她的丈夫去教堂礼拜，或去参加舞会。于是她们把门关得更紧了。

但是，等等，女人们，一些人说，别把这事儿看得太严重。我们难道看驼背新郎还少吗？还有多少人在掀起新娘的头纱时才发现她是个瞎子？而它，至少来的时候我们就知道它是条蛇，毫无隐瞒，它是带着上帝给它的样子到来的！

*

与蛇结婚的故事开始于十月中旬，在一月十七日的夜晚戛然而止。就好像预感到这是她与蛇丈夫相处的最后一夜，年轻的新娘比平日花了更长的时间梳妆打扮。然后，她点燃壁炉，像平日一样和父母进餐，然后带着为丈夫准备的牛奶进了房间。

一大清早,她走出房间,脸色苍白,蜡白的脸颊上挂满眼泪。她的父母赶忙查看她身上是否有被咬或被勒的痕迹,这表明虽然他们假装已经将忧虑抛到脑后,但实际上从未停止为她担惊受怕。

她摇了摇头,想对他们解释发生了什么,但是却说不出话来。当他们确认她没有受到袭击之后,开始询问她的丈夫怎么了。她回答:"他消失了。"然后说:"他溶解了。"最后:"他融化了。"

他们进入房间,到处寻找,找蛇或是它脱下的皮。什么也没有。他们到处找它可能溜走的孔或洞,或者窗户、门、百叶窗。那天晚上正值一月寒冬,非常寒冷,所有的门窗都紧紧关着。唯一可能逃走的地方是烟囱,但是熊熊燃烧的炭火让这条出路也变得不可能。

接下来的几天和几个星期,变成寡妇的年轻新娘并未给出比那天晚上更多的解释。她重复着:他溶解了,他融化了,他消失了……在调查者面前,还像上次来的时候那样脸色阴沉、气势汹汹的驯蛇师们的面前,她一再重复这些话。

少妇的悲伤和渐渐枯萎的容貌很快打消了所有关于谋杀的怀疑。很少有新婚的妻子像她这样迅速凋谢。她像所有寡妇一样黑纱蒙面,她星期日去教堂做礼拜时,活像一个幽灵。从此以后,人们称她为"蛇之孀妇",这并非带有贬义,她本人也没有反对。

*

春天,有人两次向她提亲,但都被拒绝了。这是一个多事之春。王子的信使到处宣讲王子颁发的禁令,即日起禁止采取与野兽、树木或鸟类结婚的方法来实施压迫或侮辱。没有提到"蛇"这个词,但人们都知道是这个故事引发了禁令,因为它让人对古老的"法典"产生了疑惑,法典的权威性正一点点被削弱。人们曾多次试图明文规定不得违背法典的规则,但最终还是放弃了。他们担心会因此被认为是大逆不道。但是在这里,在北方,在阿尔巴尼亚的广袤平原上,涌现出了一些被古罗马人称为"奴隶"的部落,因此人们认为在这里有更充分的理由巩固法典的权威性。

秋季,又有人向年轻寡妇提亲。徒劳而返。这应该是最后一次了。每个人都确信她已经下定决心不再改嫁。

这种决心,加上王子刚刚发布的禁令,又让这个本该慢慢被遗忘的故事的热度重新上升。这个发生在所有人眼皮底下的神秘事件,其真相究竟是什么?确实,有些寡妇的前夫曾经是卓越显赫、仪表堂堂、让人难以忘怀的男子,但即便这样,他们死去很久之后,这些寡妇还是低着头,违心地、眼含热泪接受改嫁。然而"蛇之孀妇"却固执地一再拒绝。

这个故事藏着一个难解之谜。有个阴暗的东西,看不到它,让你像个瞎子去摸索。十月中旬的那个新婚之夜究竟发生了什么?之后,一月十七日那夜又发生了什么?

*

只有从以下三个消息来源那里能够探听到一点真实的情况:新娘本人、给她做忏悔的牧师和医生。新娘沉默不语。牧师更是一言不发。最终,在一次酒醉的时候,人们从医生那里挖出了唯一的一点关于年轻寡妇的童贞的信息。她像所有洁身自好的年轻新娘一样失去了童贞。然而,别的新娘都没有像她这样让人目瞪口呆。

这种病态的好奇心某天还是获胜了。即便牧师和新娘本人没有透露一个字,一个意外却泄露了秘密:新娘发高烧,以至于开始发谵妄。就这样,她开始沉湎于往事中。

以下就是新婚之夜发生的事,此时,屋里的一切噪声都停止了。新娘的父母不停地在胸前画着十字,将她送到了婚房门口,再一次为这个决定请求她的原谅,然后,在她的身后关上了门。

屋里很暖和。两根蜡烛在床的两边射出微弱的光。

蛇盘缩在婚床的一个角落里，一动不动。年轻姑娘生涩地脱下结婚礼服，直直地躺在床单上等待着。当这一刻来临，竟然没有比她想象的更可怕。很显然，难以抵挡的微醉状态让她的敏锐度降低了。她开始祈祷，让一切以最快的速度发生吧，让自己以闪电般的速度被咬，然后死去。这是她唯一想要的。否则，她必须经受最残酷，最难以忍受的考验：与蛇缠绵。

她继续等待着。有两三次，她与蛇的目光交汇。蛇的目光，就像俗话说的，连最微弱的烛光都不及。你喜欢我吗？她悲哀地想着，对她的父母和他们必须要赎的罪既怨恨又厌恶。

她放松戒备，好几次都感觉到快睡着了。而蛇始终待在原地好像也要睡着了。

在半睡半醒之间，她好像听到了一阵摩擦声。她打了个冷战，睁开了眼睛。蛇已经不在原先待着的地方了。时间到了。圣母啊！让这个噩梦少一些痛苦吧！她祈祷着。

她看到蛇轻轻摇摆着向前移动，在床的另一边直立起来，比床还要高。圣母玛利亚！她再次祈祷，但与此同时，她听到有人说：别害怕，我是一个男人。

带有斑点的蛇皮膨胀起来，好像内部被飓风撑开一样，然后突然间像一件外套那样掉落在地上，一个男人露了出来，千真万确。

别害怕。他重复道：我是你丈夫。

可怜可怜我吧。她发出呻吟般的声音。

我的妻子，你应该可怜可怜我才对。

他缓慢地靠近她，将一个膝盖跪到床上，重复安抚的话语。这是个年轻英俊的男人，金色的头发，发型非常时髦。

我受到惩罚，四分之三的时间以蛇形生活，只有四分之一的时间可以恢复人身。他解释道。

一大堆问题涌向年轻新娘的嘴边：这个协定是何时生效的？是谁决定的？为什么你没有争取更多的时间？

她还没来得及提问，对方已开始回答：

没有人知道从何时起，与何人达成了协议。可能是同我们自己。

你也有罪要赎吗？

最好这么想。

她让他明白，他比自己所有想象中的理想丈夫还要英俊。

我的爱人，我没有多少时间了。我的时间很紧。在黎明前我必须回到之前的形态。

他靠近她，温柔地将手插入她的发丝，任凭她嗅闻他脖子上的味道。她想以此确认他确实是人类。接着，他开始抚摸她的胸脯,亲吻她的嘴唇,双唇在她的腹部游走,一遍又一遍地说当他第一次透过篮子的缝隙瞥见她,就深深爱上了她。

她本想问他披着蛇皮,是否还像人类一样思考,而一切都显示确实如此。

他越来越放肆地抚摸她,再次亲吻她的小腹,然后再向下,直到生殖器的缝隙处。在温柔的话语中,他开始悄悄诉说一些露骨的词语,就像村里的年轻人星期日从教堂出来时说的那些话。就是这些词语最终战胜了她,她任由自己沉沦下去。

筋疲力尽的他在她身边沉沉睡去。她轻柔地抚摸他的发丝。然后,她也一样,不时地打起瞌睡来,每次醒的时候都会用余光瞟一眼地板上的蛇皮。这样的幸福究竟是什么?她想着,心中充满了担忧。

当黎明快要来临时,他惊醒了。嗅着空气的味道,他感到白天即将到来,并说他的时间到了。

不要忧伤:明天,在同一时间,你又能重新拥有我了。

他把蛇皮披在肩上,一瞬间的工夫,重新变成了蛇,在床的一头蜷缩成一团。

她开始轻轻哭泣。她感到疲倦,这一次,睡得很熟。

当她醒来,蛇还在原先的位置。她确信自己做了一个梦。当她感觉到阴道里的精液,看到床单上的血迹,她才确信这奇妙的事是真的发生了。

*

第二天傍晚,她等待着那个时刻的来临,这辈子从未有过的焦急不安。当她偶尔与蛇目光交汇,立刻丧失了所有希望。但紧接着,她回想起与蛇的最后对话。她问:你明天真的会来吗?不会背叛我吧?他的回答是:我会来的,我向你保证。等我。

蛇的话,她想,但立刻又为这样的想法后悔不已。

当午夜来临,他的的确确又变回了人身。就这样,一天天,一夜夜,整个秋天,初冬直到寒冷的隆冬来临,她都一直过着这不可思议的双重人生。时间——最难以被划分的元素在这里被分成了两份。从此,她被迫存在于两个时间:人的时间和蛇的时间。这个事实不论从哪个角度看,都是扭曲的,如同照一面裂开的镜子。人们同情她,以为她不堪重负,而事实上,她从没这么幸福过。她曾经听过这么一句话:掩盖痛苦是非常困难的,然而掩饰幸福也并非更轻松。她尽了最大的努力,却没有成功。

人们都把她当成一个疯子。也有些人觉得在经过这样的打击之后,失去理智也很是可以理解的。这并不让她感到气恼。最让她痛苦的，是永远不可能像其他年轻的新娘一样，在丈夫回到人身的时候，挽着他的手一起出门。这是被条约禁止的。条约规定，他只有在蛇身的时候才能和她一起出门。

条约就是这么规定的。蛇身占据着他四分之三的生命。人的时间被限制到最低份额，连露脸的权利都被剥夺了。但这都很合理，因为他要这样偿还作为人类的罪孽。

她并非不知道这一切，但还是止不住梦想：挽着他的手一直走到村子的中心，和他一起去教堂做周日的弥撒。她的愿望如此强烈，以至于有时候她几乎要带着蛇一起出门，完全忘记了人们看到蛇将会多么惊恐，甚至可能逃走。

某天，她问他是否愿意以蛇的形态和她一起去人迹稀少的小径散散步，他耸了耸肩。他重新披上蛇皮之后，对于白天的一切都一无所知。再说，他也没有权利过问这些。他的另一个"我"不能过多参与到自己的生活中去。他说：他和我，我们是完全分离的。

这些想法一直不断地扰乱她的心神，但是，在一月十七日那个致命的夜晚，所有一切在她的脑中形成明确的想法：对必须保守秘密的反感，对双重时间的厌倦以及让年轻丈夫的每时每刻都属于自己的欲望。

午夜已经过去。像往常一样，他们做爱，然后他睡去，头枕在她的肩膀上。借着壁炉的光，她凝视着他的头发、如此清秀端正的脸颊。然后，她的目光落在地上柔软的蛇皮上，鳞片闪烁着比平时更加鲜亮的光泽。她觉得这皮在恶毒地嘲笑她。

她牢牢地盯着这个外壳。障碍就是它，她心想。分离、禁锢、不可逾越的边界都是因为这张皮。它像一层镜面，如此精致、脆弱，但又如此残酷。

如果所有这一切都只是一个误会，如果这个年轻人只是某荒谬条约的受害者呢？

她必须将他从这陷阱中救出来。这圈套使他日渐衰弱。只要她打碎这魔镜，男子就无法再逃走了，不论他是否愿意。他将留在这里，完完全全归她所有。

你给我带来了如此多的痛苦，现在还胆敢嘲笑我？她对蛇皮说。你将会看到我是不好惹的！

为了不把她的情人吵醒，她慢慢下床，弯下腰，第一次轻抚蛇皮。她感到它比想象中还要轻薄，柔得好像丝绸一样。看来人们有时把它比作薄纱不是没道理的，她想道。

突然，她的目光变得凶狠起来。你们没这个权利！她从内心深处呐喊道。"你们"这个词包含了一切：她的父母、协议、写下协议的人，所有其他的神秘力量，还有命运本身。

她迅捷地将蛇皮扔到了烟囱里。她从没见过火焰如此贪婪迅速地吞噬掉什么东西。只需一秒。千分之一秒。

她小心翼翼地回到丈夫身边。他还在沉睡。她感到平静，同时也筋疲力尽，就像刚刚举起了一块岩石一样。

然后，她等待着黎明到来。黎明如期而至。年轻男子伸了个懒腰，他的鼻孔嗅着清晨的空气。她差点对他说：再睡一会儿吧，现在你可以完全属于这个时空了。但她不能说出口。

他照常对她说：再见，明天见。耐心等待，我的爱人。

他走下床，来回转头：

我的衣服呢？

妻子没有回答。

你把它藏在哪儿了？别开玩笑！

他担忧地四处寻找，在房间的各个角落，掀开毯子。

我没有时间了，把我的衣服还给我。

我不能。她回答道。

他像着了魔一样继续寻找。可怜可怜我！还不时地呻吟道。

于是,她假装生气:你不想和我一直待在一起吗?你很着急离开吗?然而,与其说感到生气,她感到更多的是害怕。

留下来!她的声音都变调了。回答我!留在这里!

我不能。我失去形态了……我没有这个权利……

他的声音逐渐变弱。每说一个词,他都不得不大口喘气。

求求你,把我的衣服还给我。

我不能。我把它烧掉了。

你做了什么?他喊道,但这叫声此刻仿佛来自遥远的地方。你亲手杀了我!

我是为了你才这么做的,为了我们两个。

你彻底毁了我……

这是他最后一声嘶哑的喘息。

他像镜子上的一层水蒸气,在她的眼前开始变得模糊不清,然后完完全全消失了。永远。

选自《四月的冷花》,二〇〇〇年

杀人犯的最后一个冬天

（新版悲剧《麦克白》剧情简介）

说我为了篡夺王位而杀死邓肯，这不是真的。我的罪行属于典型的被法律认定是在正当防卫情形下的杀人罪。

不幸的是，人们对这个故事完全理解错了。可以坦诚地说，认为邓肯是被他的警卫杀死的（如果还有人这么认为的话），这个错已经不轻了，但是，认为我因贪婪权力而杀死国王，便是大错特错。

自那以后十五年过去了。关于他的死众说纷纭，一年比一年多，到今年冬天，简直成了一种流行病。

我必须对这一混乱局面负责。或许一开始我就应该如实解释事情是怎么发生的，而不是让错觉滋生，认为我会隐瞒哪怕是一半的真相。总之，对我来说最好是一上来就声明邓肯是自取灭亡（这在暴君当中并不少见），我只是助了一臂之力而已。

其实，当我得知这可恶的事件的所有内幕都进入游戏时，我就深信邓肯是被自己，换句话说是被他自己的人杀害的，因而我没有以任何方式歪曲事实。

但显然，这一深刻的信念不足以证明我无罪。以至于人们无法将此错推卸给大街上和旅店里那些说长道短的人，更不可能推卸给平庸的喜剧演员比利·汉普森，此人根据谣传写了一部剧，也该他倒霉，剧本的手稿被我的秘密警察弄到了手。

因此，错误既不能归咎于街上的嚼舌者，更不能归咎于那个不幸的比利·汉普森，而应归咎于别的某个人，此人对事情的发生感到无比惊讶，因而就像我说的，不是别人，只能是邓肯本人。

这就是事情的经过。

很久以来，他一直以怀疑的目光看我。君主们都善怀疑并深受此癖好的折磨，因此，每当他们受到一次小小的诽谤或恶毒的谣言的攻击，就怀疑所有人。邓肯的脑海里产生怀疑便是这一癖好带来的效应，甚至更简单，他本人乐于滋生怀疑情绪，从而为其对我的仇恨和种种不良行为寻找理由。

我发现邓肯十分嫉妒我，这已经有些时候了。实际上，是我妻子先觉察到这点。她不是在邓肯身上而是他妻子身上发现的。"我从她的目光里看出了某种不祥的东西，"她不停地对我说，尤其是当我们参加完宫廷宴会返回家的时候。我反驳她说：我一点都没有觉得呢；王后对我俩很热情……可她坚持自己的观点，最终我也有些相信了。然而，我对邓肯的尊敬丝毫没有因此而动摇。如果王后是这样的人，那纯粹是她个人的事，我心想。总之，重要的是邓肯是怎么想的。

可是我的妻子，我那美丽聪颖的妻子，听我这么说伤心透了。没有妻子嫉妒丈夫的，她说。肯定会出事的，迟早的问题。

果然不出所料。邓肯的目光里出现了一片冰冻的飞地，并不断扩张。渐渐地，其他人也觉察到了这点。对我和妻子来说，这是焦虑的开始。被这些痛苦所折磨，我试图不惜一切代价为自己争取几个他身边的人，以免出其不意地受到攻击。

当他派人通知我要来我的城堡做客住几天时，那些发现我与邓肯之间有些疏远的人当中，多数都认为邓肯的造访将宣告我们关系的终结。不用说，我的敌人恼羞成怒，我的朋友则欣喜若狂。

"您干吗沉着脸啊？"我的朋友对我说。"眼看这一艰难的局势就要结束了，您不感到高兴吗？"

这些话仿佛振奋了我们的精神，我们的脸上露出了灿烂笑容，但我们的心依然处在黑暗中。主要原因是我们知道那个秘密，而所有人都不知道：邓肯来不是为了终止我俩的不和,而是要彻底毁灭我。

他的计划(我是从我的密探那儿得知的)既残忍又简单:邓肯入住城堡的第三晚,他卧室门前将发生一起事端,国王被吵醒。接着,他与随从一起匆匆离开我的城堡,可以想到,天亮前谣言将四处传开:麦克白企图杀害来他家做客的正在沉睡中的国王。

他来我城堡的前几天,我和妻子忧心忡忡。我们无数次地重复道:我们即将遭到的不幸到底是什么?随后其他问题接踵而来:邓肯若决定为我挖掘坟墓,为何选择这个方式?如此等等,直到最后一个问题:那么现在,我们该怎么办?

我们很容易就发现了邓肯使用如此卑鄙手段的动机:我属于外省直系尊亲属领主,因而贸然发起直接攻击对他来说是一件危险的事,尤其是最近他失去了安全保障。因此,在他看来,打击我之前先侮辱我,这样做更明智(不幸的是,事实确实如此)。对他来说,这已经不是第一次如此行事。与考多尔公爵,还有后来与格拉米斯公爵,他都是如此行事。只是模式不同而已。

然而,这一切对我们而言只是可怕的预测,那么另一个问题"我们该怎么办?"则更加恐怖:它需要一个答案,过去的时间,甚至每分钟都显得越来越紧迫。面对那临近的灾难,我们该怎么办?听天由命?指望暴君最终或许改变主意？逃跑？

时间一小时一小时流逝，我们则从焦躁不安转入强烈抗议。在朝北、面向大路的平台上，我无数次撞见正惊恐不安仔细观察天边的妻子。可以肯定，她跟我一样，都在期待皇家信使突然出现，来这里宣布国王取消此次出访。

然而情况并非如此。就在国王到达的前四天，侍卫队部分成员突然来到。也许他们就是专门来此制造事端的人？

妻子最先发现他们，她对我喊道：

"快来看！"

从平台可以看见他们正朝我们走来。天气寒冷。妻子面色苍白。渐渐地，我的种种犹豫又出现在脑海里，不是作为思考，而是作为思考的遗骸。我们该怎么办？向命运低头，逃跑，还是期待他的宽容？

不，这都不是我们应该做的。我要做出一个完全不同的选择，像他邪恶的头脑想象出的行动方案那样亲自上阵。他想在我的城堡里上演一出戏？那他只需像在一部戏中那样死去。

来宾还没有越过第一道城门，我就把我的决定告诉了妻子。

她没有回答，而是面色更加苍白。一阵惊厥性震颤使得她的肩膀剧烈抖动起来。"我有罪,"她坚持不懈地重复道,"我是个罪人……"

"我俩谁都没有杀人犯的灵魂,"我对她说。"如果这使你感到痛苦,那我应当第一个朝这方面想。"

"不是这样,"她回答,声音柔弱,"我比你先想到这些!"

我反驳了她。我告诉她,即使我没有立即向她透露我的这个想法,但我思索这个问题已经有些时日,这是千真万确的。

可她非但没有得到安慰,反而忧伤地笑了:

"你想了有些时日,而它在我头脑里出现已经数周了,自从……"

我急忙打断她的话,告诉她杀死国王的念头其实那时已经在我脑海里出现了,甚至更早。

她并没有因此而平静下来,我俩比拼口才,就像在一场死神马拉松竞赛中那样,追溯的时间越来越远,互不相让,看谁摘得杀人犯的桂冠。

从K公爵夫人的宴会起。从北欧国家大使招待会开始……从第一场雪起……

我们如盲人般倒退着走,没有注意到无法逾越的期限即邓肯打算毁灭我的日子已临近。我们就这样来到了这一天,这个截止日期,过了这天,我俩谁都不可能再以正当防卫为由为自己辩护；而当我们退回到比这天更早的时候，我们确信我们整个人生都被取消这个日子的念头所困扰。因此我们都在盲目后退，妻子似乎意识到了这点，喊叫起来：

"够了！再这样继续下去，我们都要发疯了。"

我把头靠在她肩上，小声说：

"你是对的。你完全正确……我俩谁也不是杀人犯……是他策划了这场恐怖行动……这份狂热来自他的头脑，然后又远距离灌输给我们……现在，关于这一切，说得够多了！不然，就如你所说，我们最终真的要失去理智了。我们还是来关注一下'事件'的准备工作吧……"

直到事件发生，甚至之后，我们都还在私下谈论它。显然是为了说服自己的良心，我们只是做了一件错事，它在我们之外成型了。总之，我们是普通演员，在上演一部他人写的剧本，与剧院的区别仅在于这里的舞台将被真正的鲜血浸染，伤口、呻吟声、死亡也同样是真实的。

这种对比深入我的思想，我竟然极其严肃地猜想起来，护卫队里一部分人即被选定来制造事端的，其实不是卫兵，而是为执行此项任务招募的喜剧演员。我想象他们来我家之前甚至排练过这个场面，邓肯本人可能参加了排练。

接待国王的准备工作减轻了我的焦虑,以至于国王到来时,我已完全控制住了情绪。

同往常一样,他摆出谦逊、内疚的表情,此表情比他的军队、监狱、金钱、秘密警察更能帮助他在敌人当中制造慌乱,使阴谋家在灾难性时刻分裂、犹豫不决或气馁。向一个如此狡猾的暴君发动进攻,是可能想到的最艰巨的任务。

"这城堡里有幽灵吗?"他一边朝接待大厅走去,一边笑着问。

幸好我妻子在同王后聊天,没听见问话,众人笑声消散后,她问:怎么啦?国王刚才说什么来着?……一个声音回答:国王问城堡里有没有幽灵……大家知道,这句话是以间接的方式传到她耳里的,因而效果大打折扣。我本人十分乐意跟大家一起开玩笑,但我还是禁不住对此话的性质表示疑问:是事先准备好的句子,是喜欢哗众取宠的领导人在类似情景下说的客套话,还是突然涌现的一种模糊的直觉,或者神秘的信息(上天发给人类但人类常常无法破解的信息),到底是哪一种?

"关于幽灵的那些话是什么?"妻子问。夜已深,我们都躺下了。

"都是些废话。"

"这让我想到……"

"睡觉吧。"

这是我对她说的话，但就我而言，我甚至不认为自己能合上眼。我反复考虑我的计划的所有细节。我还在两三个问题上犹豫不定。主要问题是选择可以行动的时间：我是不是应该遵循邓肯的剧本，即得等到第三个晚上，或者，为防备一切意外事件的发生，我应该主动出击，不给他留有一点改变计划的时间，但这样做会不会给我招来致命的后果？

胡思乱想了一番之后，我的头脑终于清醒了。一些概念对我来说还很模糊，比如关于那些假的弑王者：这些人从现在起知道自己扮演的角色了吗？或者他们在最后时刻会不会在武力、计谋的强制下，或在酒精的作用下发动挑衅？还有个问题（这是最重要的），之后怎么处置他们？是在门口就把他们杀了，还是饶他们一命，日后被传唤上法庭，让他们做不利于我的证词？

当然，在做决定之前，邓肯就如何安排他们的命运这个问题犹豫了很久，就像我现在这样。我无法当机立断。我是派人把他们就地了断，即在我主人的房间门口杀死他们（作为他们不容辩驳的罪证），还是放他们一马，强迫他们在法庭上做证？

我怎么做才能知道邓肯最终的决定是什么！我感到

自己被他个人的计划所困,而该计划如果掌握在我手中,我不会做任何改动。就在您遇到巨大的烦恼,最谮妄最愚蠢的想法开始涌现时,我则问自己是不是可以半夜起床,去敲他的门对他说:"陛下,把您的计划告诉我吧,您会看到我是怎么把它逐项落实的……只有一点不同,那就是您将必死无疑!"

天亮了,接着第二天也过去了。夜晚临近。我犹豫不定。第一个,也是最让我困惑的便是从一开始就折磨我的这个问题:我是今晚立即行动还是等到第三个夜里?我敢打赌邓肯也想改变他的计划。其他的两难处境也同样死死纠缠着我:他会对那些挑衅者做什么呢?我呢,我将如何处置他们?但这还没完:关于我的人(即支持我的人),如何安排他们的命运,对此我也要进行思考:是遵守诺言奖励他们,还是留下他们等待日后审判,或者将他们立即处决?

涉及他的人,邓肯可能会选择最后那个方案,因为杀人犯最终都会说出一切。因此没有必要苦思冥想显示自己的创见。不过,即便这样想,我也做不到。我已经完全落入其陷阱。有时,我甚至觉得是他的头脑在支配着我,我一生都受他的摆布。

晚饭期间(还是第二晚),他邀请我两个月后也去他的城堡访问。这个邀请让我不知所措。这是什么意思？同他最初的计划相比，这是一种让步，天知道是什么缘故，难道他坚信在他的屋檐下把我像一只小羊羔那样割喉杀死，这对他来说更容易？或者更简单，如此寻常的一个计策，目的是要消除我的疑虑。

对我的头脑来说，这确实太多了。我竭尽全力还是驱赶不走这份邀请引发的众多推测。夜里，我在邓肯的城堡扮演主人的角色。他会怎么处置杀人犯？留下他们等待日后审判，还是就地处决？

"要是他放弃计划了呢？"我们躺在床上时妻子对我说。

"千万别信这。"

她叹了一口气。

"唉……如果你想行动，今晚就动手。我有种预感，明天行动就太晚了。"

事情就是这样。当凌晨两点的钟声敲响时，一切按我们俩（我和邓肯）制定的计划进行了。只有一个变更：在最后一刻，当我看见他的身体倒在血泊中（我从来没有想到一个老人的体内会有这么多血），我感到一阵眩晕，在头脑不太清楚的情况下，吩咐我的一个人把尸体搬离城堡。

"把他送到哪里？"他问我。

这时我想起离城堡大约两千米的地方，有一条水很多布满漩涡的灌溉渠……

清晨，想到尸体已经离开城堡，而且，血迹被水溶解，尸体变得雪白干净，我感到些许安心。

接着出现了这事，人们围绕着它在小酒馆里谈论起来，那个傻瓜比利·汉普森把那些闲聊话放进了他的剧本。上午，尽管尸体已经不在场，杀人的消息却迅速传播。（奇怪的是，没有尸体，竟然没有人期待国王还活着，认为他钻进了某个隐蔽的角落。）人们惊恐万状地围着血迹斑斑的床单打转。见此状，我心想尸体的缺失比看到一个遭残杀的躯体更令人害怕……

黄昏时分在灌溉渠里发现尸体丝毫没有改变事情的进程。而我对于尸体的转运曾寄予如此多的希望！从那天以后十五年过去了，然而，不说每分钟，过去的每个小时都还留在我的记忆中：流淌着水和污泥、运载国王尸体的小车到来，被施以酷刑的卫兵大声喊叫，黑暗中往墙壁投射阴影的烛台。

我站在一旁，惶惶不安，感到后悔。我把尸体送到远处，这已经干得很不错了！我自忖。我甚至应该把它扔得更远。一百，一千，两百万英里……可是这么远的地方去哪里找？苏格兰，虽然是个被诅咒的国家，但是没有沙漠。

我和夫人仍然希望晚上转运尸体，这有助于隐瞒真相,但我们闭口不谈。

后来,我和夫人经常在寒冷的下午谈论这些事情,我们坐在壁炉旁四肢却越来越冷……现在她已经故去,我独自一人反复说着同样的话,不太在意用人有没有听见我说话。

自从妻子离开我,我感到极其孤独,但是最近一年,对我来说,她成了不能容忍的人。我美丽的夫人,那么聪明,在这个冒险家比利·汉普森的剧本里却是作为谋杀的主要煽动者出现的,这不需要任何证明。啊,我的上帝,一位庸俗的剧作家的笔下可以生出怎样的谎话啊!

然而,现在我对自己盛怒之下亲手撕了这个罪恶的剧本而感到悔恨。我应该再读一遍,特别是因为有些段落很奇特……至少我不应该命人处决了作者。如果我只是将他关在牢里,我还可以某天夜里去他的牢房对他说:现在,你把你那下流的剧本重新编写一下吧,如何?

剧本里有些段落确实非常奇特,但我只有模糊的记忆。首先因为自得到手稿以来很多年过去了;然后是因为我当时几乎是一口气读完的,眼睛因愤怒而变得模糊不清。因此我只留下这模糊的记忆。我记得有一个场面,邓肯的幽灵出现在我眼前。我在两三个正式晚宴上确实有过这样的幻觉，但我没有对任何人说，甚至没告诉妻子。这个江湖骗子比利·汉普森怎么知道我深藏在心中的这个秘密的？

"你不应该从这么坏的方面评判他，"妻子有时这么对我说，她总是那么高贵、宽宏大量，而她本应恨死这个毫无理由诋毁其形象的男人。"你不应该说他的坏话；实际上，他的剧本从头到尾对你都表示了一定的同情心。"

"你这么认为？"

"我可以肯定。甚至主要就是因为这一点我建议你不要撕毁手稿，尤其不要杀作者的头。可是这剧本让你如此愤怒，根本没法让你明白事理。"

"确实如此。"

我们就这样闲谈着度过了一个又一个漫长的秋天的下午时光。我们（她比我更积极）谈论这部悲剧中的片段的时候越来越多了。其中有一幕，是关于巫婆的，每次提到都让我们震惊不已。比利·汉普森一定是神经出问题了才会产生这样怪诞的念头。剧院里上演的所有戏中，从来没有展现过如此可怕的场景。他怎么会想出这种噩梦，这是什么意思？我让这些场景一个接一个地在我的脑海里闪过，但我始终说不出那些不吉的预言是增加了还是减少了令我们的意识难以承受的负重。

一天，我们正在谈论剧本，突然，我拍了一下脑门：

"等等！"我大声说。"我的上帝，我们绞尽脑汁，而一切却是那么简单……那些衣衫褴褛的巫婆……约翰·滕德勒是我安排在邓肯身边的间谍，有那么两三次，他不是给我派来装扮成乞丐的信使吗？"

"真的？你从来没跟我说过啊……"

"这只是一个无关重要的细节……再说，他给我带来的消息总是让我心乱，别的什么都不重要了……"

她一边听我说，一边用锐利的眼光盯着我看，好像我肯定还有什么要补充。

"约翰·滕德勒的信使……"我接着说。"化装成衣衫褴褛的乞丐……我们见面的地方，我甚至记得很清楚……那是一片荒野，在本堂神父的住所那边……我在那里第一次听说邓肯正在精心策划谋害我……这一切再清楚不过了……我实在搞不懂，比利·汉普森怎么知道……对于那个秘密，我可是严防死守……你可以给我做证，是吧？"

"也许是约翰·滕德勒或他的警探透露了秘密……"

"是吗？"

"一定是这样。只能是两人中的一个。"

"可能吧。应该说自从这事平息后，我就没再关注此事。说到底,这个秘密主要与邓肯相关,至少在他活着的时候……而现在……如果约翰·滕德勒还在世,得知他到处散布流言蜚语,我完全不在乎。而且,认真思考,我现在甚至想对他直言不讳地说我对他所知道的那些很感兴趣。可是,有什么办法?他已经不在我们中间了!"

"也许他的信使还活着……"

"中间人?那个装扮成女乞丐的?谁知道她是什么人啊?……只有约翰·滕德勒一个人知道……她的脸完全被遮住了,即便现在出现在我面前,我也认不出来。"

"那倒也是……"

接着,我注意到每次我们回过头来提及巫婆的时候,她的目光都会出现淡淡的忧伤。一天,她带着几乎是温柔的声音悄悄对我说:

"米歇尔,你确定在荒野遇到的那个男人确实是约翰·滕德勒的联络人吗?"

"什么意思?"

她吻了吻我的手接着说:

"这一切真的发生了,还是这只是你的幻觉?"

立刻,我脸色苍白(她后来对我这样描述),勉强从嘴里说出话来,语调生硬:

"没有比这更真实的了。如果陛下你不相信的话,跟我走,我带你参观那片田野。"

"不,别这样,我相信你。"

"别浪费时间了,我们上路吧!"

"求你了,米歇尔!"

"你陪我一起去,明白吗?所有对此有怀疑的人都会随你而去!卫兵、朝臣和神父,所有人都准备出发!"

"别这样大声喊叫。用人听见我们说话了……"

"他们听见我们说话了!让所有人都知道吧,麦克白的妻子不再相信他了!"

她小声哭了起来。

这么多年过去了,今天回想起她的哭泣声,我的心还在痛。我不知道为什么,但是自她去世后,我们一起谈论的所有话题中,唯有关于巫婆的那些谈话经常在我脑海里浮现。

一天(那天跟这天一样寒冷而凄凉),我骑上马朝那片荒野奔去。快到的时候,我请求卫兵不要护送我往前走。我与约翰·滕德勒那衣衫褴褛的信使见面的荒野似乎比以前更荒凉。阴郁的蒙蒙细雨不停地落在荆棘和石子上。我站在那里,久久注视着穿着破衣服的女人出现的地方。一种隐隐约约的期待使得我无法将视线挪开。有时,我甚至好像听见她的脚步声在我身后响起,我猛然转过身。但是很显然,这是小鸟不小心将一根小树枝踩落到地上发出的嘎啦声。

我就这样伫立在蒙蒙细雨中，回忆着我那已故的夫人说的话：也许这只是你的幻觉？这是我第一次突然被问到是否真的在这片荒芜之地遇到约翰·滕德勒的信使，这一切是否只是我的想象。

万能的主啊，我大声喊道，请把我从这些荒谬的怀疑中解救出来吧！……那边是两棵紧挨着的小灌木，第三棵离得远一点。还有歪斜着插入地里的岩石碎块，右边是枯树干。这一切我都记得清清楚楚。

我回顾所有这些标志性的东西以消除疑虑，但是我体内有一个声音在对我说：你来过这儿了，这是千真万确的，而且不止一次，是连续好几次，但这不是最主要的。全部问题在于要知道约翰·滕德勒的信使是不是真的约你在这个荒僻的地方见面，如果是，他是否真的跟你说了这些话，或者假如……

如果约翰·滕德勒还活着，我一定立即跑去找他，再听他讲述邓肯背信弃义的种种证据。唉，我现在只能在我沮丧的头脑里反复回忆这一切。

回来时，我试图回忆我与约翰·滕德勒的那些会面，或者我们唯一的那次会面，因为出于安全的考虑，我后来避免与他直接接触：邓肯不喜欢您，这是显而易见的事实……理由呢？哦，这很容易想出来。如同所有暴君，第一个动机就是嫉妒。怀疑只是随后而来，为罪行辩护。您现在该做什么呢？睁开眼睛，殿下。目前，我只能给您这个建议。无论发生什么事，我都会通知您。我的一个人会来找您，此人装扮成一个乞丐老太婆，嘴里小声念叨着诗句或一些谵妄性的言辞……

就在邓肯来访的前几天，约翰·滕德勒派人给我送来一张纸条，内容如下：陛下，提防您的客人。不管怎样，我还会给您再发一个通知。

很长一段时间里，我都焦虑不安地等着那个穿着破烂衣服的信使来到。我渴望知道邓肯在我家小住期间究竟想干什么。最可怕的那些推测在我脑中挥之不去。好像是要让我精神崩溃，信使始终没有出现。妻子即使不比我更焦虑，也跟我差不多。为了不让她的痛苦加深，我没有告诉她我决定去旧时的本堂神父的住所，星期天，那里是真正的乞丐小偷集中地……这些穷苦人当中，有些人说的话荒谬透顶……至少可以说我感觉很不舒服……然而，我相信我对其中一个女乞丐讲了话……我竭力记住她的每句话，可是她讲的都是些无厘头的话……真正的胡说八道，就像约翰·滕德勒提醒我的那样……此外，我因不安和失眠，神志已经不太清醒……我把她拉到一旁对她低声说了两遍：现在就我俩，说话清楚点！……可她说的更不靠边……显然，这就是她接收的指令……她讲到一个正在沸腾的黑锅……真搞不懂她到底想说什么,但我认为抓住了要旨:某个阴谋正在策划中,一个陷阱,趁人睡着时谋杀,阴险的背叛行为……我希望她能讲得更明白一些,便约她两天后在本堂神父的住所后面那块空地见面……在一个跟这天相似的日子,我在那里等她,等了很长时间,感觉晕头转向……

……够了!见卫兵在那儿发呆,我大声喊道,策马飞奔而去。我不愿再想这一切。过去的影子见鬼去吧!……年龄使我接近黑暗王国,我完全没有理由对此感到害怕。不久以后,应该是我来吓倒其他人,不再是以国王的身份,而是作为幽灵。奇怪的是,想到这里,我的心情平静下来。我根本不用绞尽脑汁去想十五年前发生的事的详细情况。重要的是邓肯想置我于死地,而我最终操控了他。这就是事情的本质。其余的都是横生的枝节。

受到振奋,我来到露台,同往常一样,开始翻阅有关当日重要事件的报告,还有秘密警察关于流传在暴民中的那些谣言的报告。我一直喜欢看秘密警察的报告,尤其是最近几年,自从关于谋杀邓肯的流言重新出现以来,我更爱看了……此报告确实最能满足我日常的好奇心。警察局长发现了这点后便不断地充实报告的内容,增加了告密者从各处截获的完整对话，截取到的信件，囚犯的供词，匿名告发信，等等。

奇怪的是，某些流言与比利·汉普森写在剧本中的完全一致。因此，除了始终出现在流言蜚语中的邓肯的幽灵（从约克公爵夫人提供的闲话到德·谢维尔醉汉和德·拉·塔韦纳·杜邦的胡言乱语），人们还不时地提及我已故妻子所谓看见出现在她手上的血迹。我记得比利·汉普森的剧本里也有类似的描写，我甚至记得台词。我：把尸体扔进贝尔维勒渠里！她：这渠的水会洗去血迹吗？……在后来的一幕中（我记得这是最阴森的一幕，读到结尾处，我亲爱的妻子再也控制不住自己，脸色变得蜡白），而在另一幕中，我妻子像是在奋力洗手，认为在手上还看见了该死的血迹。

所有传闻在这点上或多或少都是一致的：餐间，跳舞或者做花边的时候，我妻子都会突然间看见她的双手布满血迹，用什么肥皂都洗不掉。

啊！……人类有害的想象力多么荒唐！事实是，她去世前一年手就患了一种皮肤病，医生用了所有的药都没能治愈。见她那双美丽的手抹着药膏包扎着，我的心在流血。在一次招待会上，那位恶毒的约克公爵夫人眼睛盯着她的前臂，终于找到机会问：陛下，您的手还好吗？我听说您正受病痛的折磨……

我回想起我妻子当时惊呆了。那天夜里，要不就是另一个夜晚，本着减轻她痛苦的愿望，我把她手上的绷带全部看了一遍，准备把绷带挪开一点看看皮肤。她猛地推开我，用一种不同于平常的低沉的嗓音（我这是第一次听到这样的声音）对我说：你大概也认为这是邓肯的血！

我可怜的妻子……好像就是从那时起，那些所谓的已故国王血迹的种种传闻就迅速传开了……也许她把自己的痛苦跟某个信得过的女友袒露了，而她自己就这样成为其不幸的根源？

无数次，因为无法给出答案，我就寻思流言是否就是打那天起传播开来的，比利比我的秘密警察更能干，他将这些流言都收集起来，放进了他的剧本，或者他的剧本在传播的过程当中扩散成了无数流言。科学家们声称天体就是以粒子为基本单位聚集而后散开，像这样无限循环，以便重新创造。

我坚信某处肯定还有这可恶的剧本的手抄本，于是我尽一切努力干预此事。我的侦探们一丝不漏地查找，最小的角落都不放过，搜查所有秘密抽屉，检查地窖、最偏僻的本堂神父住所，但是毫无结果。寻找的过程当中他们什么没见过啊：最怪诞的手稿，下流的狂欢描写，表现男女私情和可鄙的放荡生活的信件，特别是人们不愿提及的那些荒唐事情。在所有这些公开的文字碎片中，有些确实可笑，另一些无聊透顶，但无论是远的还是近的，都没有一篇与比利的剧本相似。

然而，我始终认为手抄本藏在某处，等待更有利的时机重新出现。即使不是手抄本，那也是它的一个化身，或者这个该死的流言的某个根源不愿消逝。如果真的是这样，不承认它在我的能力之上可以制造困难，那一定是疯了。如果人类的流言一心想要把我变成一个悲剧人物，任何力量（更不要说我的力量了）都无法与之抗衡，我唯一可以做的事情就是祈祷在剧本即将上演的那天，在演出海报上，在作者名字的地方，出现邓肯王的名字，因为这部戏是他构思导演的。

选自《音乐会》，一九八一年

为了忘却一个女人

现在，我该怎么办？我自言自语，眼睛落在被雨水侵蚀而翘起的关闭的百叶窗上，然后看向门口的地毯，几分钟前她就是从那儿出去的，还有陶瓷烟灰缸，侧面印着"旅游宾馆"几个字。

我在屋里溜达，直到脚步把我带到门旁。我在她出门时拥抱我的地方停住了，她拥抱我的动作既不表示分离，也不包含任何许诺。暴风雨的黄昏，在门口吻别，一般来说都会有这样的背景：感动，为交谈时言辞的尖刻而悔恨，嘴唇渐渐靠拢请求彻底原谅。然而，什么都没有发生。当时，我双手插在衣袋里，甚至插得很深。我像木桩似的挺直身子，感到她的嘴唇轻轻掠过我颈部，接着是我的一边嘴角，然后她一只手迅速伸进我的头发。如果这时我遵循千年来结束争吵的惯例试着将她拥入怀中，这一点儿错都没有，然而不知从哪个雕像脱落下的一块丧葬的石膏将我挡住，动弹不得。

我一点儿都不后悔。我只是觉得很疲惫。

烟灰缸里，几十个烟头，像是在某个屠杀游戏中相继被砍倒的人（都是她的人，即两个阵营中举起一顶色彩鲜艳的帽子表示赞同那个阵营的被害者，从她的口红留下的痕迹就能辨认出），它们完美再现了刚刚发生的一组画面：恼羞成怒，费力解释，相互抱怨，她止不住的泪水。如果什么地方有一个忧愁博物馆，我要把这个烟灰缸带去。

我感到疲惫不堪，嘴发苦，我只想休息，不顾一切睡个觉。我带着轻蔑的眼神看向床、床单、枕头：我真的相信自己能睡着吗？我想笑，因为我觉得这似乎不可能。

外面传来令人平静的雨声。我必须忘却这个女人，把她清除出我的身体。但是，首先，今晚我得摆脱她：这是当务之急。

我必须摆脱这个女人，因为同快乐相比，她带给我的痛苦总是更大。

我突然发现自己在房间里大步走着，我和她曾在那些疯狂的时刻在屋里大步走来走去。装满烟头的烟灰缸再次令我止步。我拿起烟灰缸，把它翻了个身，将这把烟头填满我的手心，就好像在胸前举着一个闻所未闻的物件。烟头此刻已冷却，烧焦了，而不久前，它们见证了我们亲密的谈话，我们的喘息声，我们的悔恨，我们的哭泣。

我走到窗边，打开百叶窗，将握在手里的烟头向外扔去，丢进黑夜。这样，那些对她怀有欲望的人留下的烟灰就飘散了，我想。我一定要忘掉这个女人。动用我大脑的所有机制来诋毁她。从各个方面攻击她，这样，一旦忘却她的时刻来临，轻而易举就能将她消灭。

我对这一前景还是感到了最后的悔恨，但我相信没有别的出路。不久，我将躺下（我发现在这个姿势里，最具毁灭性的想法会涌入体内）并开始去做……她在远处能听见推土机的声音吗？此刻她在床上，或许跟我一样也躺着。

突然，我的脑海出现了一个想法：如果我把这一切都写在纸上呢？也许像这样写下来，这个夜晚就更容易被驱逐出我的身体？我要让它具象化，以便不用太费力气就可将她消灭。

对，这正是我要做的事。

很奇怪，就像我在类似的情境下通常遇到的，写作的想法让我平静下来。如同飞行员将飞机开出某个暴风区，这个想法比我想象的更快，把我从谵妄性的烦躁不安中拯救出来，带我去一个没有喧闹的更安静的地带。

我没料到这么快就陷入昏昏沉沉的状态。

……我从远处辨认出南极（它的形状有点扁，我在小学的地理课上知道的）。能听见工具敲打的沉闷声。我走过去，发现声音是由三个身材矮小的男人发出的，他们正在修理地轴。我的出现丝毫没有妨碍他们，他们旁若无人地继续干活，像是被固定在一个修复工程。

我不太清楚我是否问他们在做什么或这事在我看来是否一上来就一目了然：他们正在努力改变地球自转的机制，好像是纠正地球自转的速度。这种干预将导致每日时间的变化，每天不再是二十四小时，而是三十六小时。夜晚将有二十二小时。根据多项研究和调查，这样只有好处。此外，我好像在某报纸或杂志上读到过类似的文章。

我想问他们：这个新日历什么时候开始生效？但是不知为什么，我问了一个完全不同的问题：既然你们专门做这种事，或许你们也能将某些时间碎片从地球上分离出去？

当然。他们回答我。这么说他们是可以做到的，我猜测这对他们来说是儿童游戏。

天哪，这样的话，让我摆脱一切忧愁在我看来是不可能的事，竟然是小事一桩！

我努力向他们解释，说我希望彻底忘却一整天，或者更确切地说，一个特别痛苦的夜晚。

他们满怀善意地笑了起来。

一个夜晚？可是我们只做批发！半个世纪，几十年，至少几年。几天？您真搞笑！尽管如此（他们正在观看仪器），也许如果有极好的，我们也可以接受几天……

"这天的确切时间？"其中一个人问道。

"什么意思？"

"如果我没理解错，就是您想摆脱的那个日子。您希望将它驱除，然后重新把线接上，是吗？"

"正是。"

"那么，这天是什么时间？"

我的上帝，我居然什么都想不起来了！我浑身是汗，头脑最终一片混乱。

"即使您想不起是哪年，至少记得是哪个时代吧？"

可是我什么都不记得了。我只知道当时她很忧伤，伤心极了……

"那天发生了什么事？您也许记得？哪个帝国被推翻了？发生地震了吗？"

见我始终不回答，他们相互交换了一下眼神，然后将目光模模糊糊地转向一边。远处，一团旋风，里面似乎缓慢旋转着被推翻的帝国、因地震而动摇的根基、数世纪的骨架。它们在黑暗中旋转，伴随着冷冷的闪电。

我再也想不起任何事情。我只是口中发苦，什么都无法减弱这苦涩感,也无法使其消失。

接着,突然,我好像发现了什么,我想起一条在风中忧伤地飘荡的长裙。

"一个女人,"我对他们说,"那天有个女人,一个女人……"

他们笑了,却是冷笑。然后又把目光转向仪器:

"如果是这样,那就不可能了。这些仪器不适合做这类事。"

"求你们了,请将我从这个夜晚还有那个女人那里拯救出来吧!"我喊叫起来。

……我醒了。

首先是雨声让我想起自己在哪里。

旅店。外面,落叶和遭到屠杀的香烟的小尸体(其中一个阵营以红色的帽子区别于另一个阵营)……

她就在那里,很近,几米之遥;她一定心情不平静,因为,无论如何,她能猜出我正竭尽全力要将她埋葬。

选自《音乐会》,一九八一年

中国长城之双部曲

一、决定

最后一次讨论，也可算是做决定的启动会，是在一个寒冷的冬天举行的。皇帝神情冷淡，听杜·普特契元帅带着嘶哑的嗓音发言，从元帅说的第一句话，就能听出他对建造长城持反对意见。尽管元帅一上来就感受到了皇帝的蔑视，甚至不快，他仍旧对建造长城持否定态度，边说边在地图上来回移动一根棍子，地图上绘有帝国北部的边境，需要建造城墙加以保护。

按照元帅的观点，将建造城墙所需的人力以及石头、砂浆和铁用来沿着边境建造一系列城堡，这个举措从各方面来说更有效。反之，除了巨大的花费，从军士的角度来看，城墙也显示诸多弊端。其长度甚至必然削弱自身的抵御能力，而且，在很多地方，敌人不费吹灰之力就可以越过城墙，一切将取决于在这场战斗中动用的兵力。

显然，元帅希望通过数字的有力支撑打消皇帝的最后疑虑，因而将数字放在最后说。可是他想错了。虽然元帅列举的数据，如人力、物资、运输费以及如此巨大的工地上可能发生的死亡率和流行病这些都令人吃惊，但皇帝仍然不为所动。

元帅刚作了一个停顿，皇帝就问他：

"你说完了吗？"

元帅还有许多话要说，但是，他突然感到一种前所未有的厌倦，这种感觉让你相信你不可能战胜直到那时在你看来还是不堪一击的东西，这让他很无奈。他点点头，示意已说完。皇帝把眼睛转向其他人：

"有人要说话吗？"

他知道，一旦所有人发完言，对立的双方只等他的判决。奇怪的是，他的思绪瞬间转向他年轻的妃子，无数女仆正在给她梳妆打扮，他俩晚上有个约会。他突然发现自己想到她耻骨上的那撮阴毛，最近他的脑海里常被这一画面萦绕。

"我们即将建造城墙。"他突然说，眼睛不看任何人，他很清楚，支持者的洋洋得意与反对者的失望都让他受不了。

接着，在死一般的沉寂中，他走了出去，身后跟着最亲近的顾问肖恩。

他们一起走过一个长廊时,肖恩对他说:

"陛下,您为何不反驳杜·普特契元帅?"

"我为什么要这样做?"皇帝问。

"为了不让建造城墙的事留下一丝疑虑啊。"

皇帝皱皱眉头。

"杜·普特契元帅说的有道理。"皇帝说。

顾问再也不知说什么。

"你知道我从未对他怀有任何戒备……但是,不能让此类对建造城墙怀有质疑的言论扩散开来。"

皇帝放慢了脚步,随后又加快步伐。"建造城墙的真正动机万一被泄露,那就危险了,"皇帝说着,没有看他。"上次会上,我跟你讲了建造城墙的真正动机,我还说这个秘密如果被众人所知就更可怕,所以我命令你会议一结束就将它从脑海里清除,换句话说就是忘了它……肖恩,你是个忠实的仆人,我很高兴看到你已经彻底忘了它。"

"是的,陛下。"顾问回答。

"如果说杜·普特契的言论对建造城墙不利,那个秘密,更确切地说泄露这个秘密,则会像地震那样毁了城墙。"

"是的,陛下。"顾问回答。

"是时候了,不仅你们,我自己也必须忘记……"

顾问颤抖了一下,尽管他抖得厉害,但从他穿的丝绸长服上一点也看不出来。

二、结婚

经历了漫长岁月,现在他建成了。巨大而凄凉,他孤独地矗立在北方边境,对面是野蛮人的地盘。人人都在谈论他,可是谁也没有见过他。

人们怎能体会到他的孤独,还有他男性的痛苦?也许,宫殿里的贵妇一想到他那些耸立的塔楼都想入非非了?从这些偏僻的地区开始,数以千计的士兵和军官未满足的欲望通过各种看不见的沟扩散开来。伟大的长城想要一个妻子。

其间,她,即未来可通航道,诞生了。虽然还很瘦弱,娇嫩,她感到自己的肋部在扩张,因激流和侧运河河水的涌入而鼓起。作为女性,同所有水生动物一样,她性感而温柔,她唯一的回忆就是使这个石头巨人孤苦伶仃的日子变得温馨。激动之后,全中国不计其数的人的头脑里开始显露给他们举办婚礼的想法,并很快就得到加强。

人们难以想象比这更互补的一对了。他,沉默,静止不动,似乎无所事事;她则不知疲倦,像大多数女人那样，在鸟儿的啾鸣声中履行无数职责：运载船只和渡轮，浇灌田地，打扫、冲洗中国的部分地区。

这对夫妇持久的婚姻得以保障还有一个原因：她和他彼此相隔甚远，他们也许永不会相见也永不会相遇。

选自《音乐会》，一九八一年

"蓝色东欧"译丛（部分书目）

第一辑

- 《石头城纪事》（小说）
  【阿尔巴尼亚】伊斯梅尔·卡达莱 著　李玉民 译

- 《错宴》（小说）
  【阿尔巴尼亚】伊斯梅尔·卡达莱 著　余中先 译

- 《谁带回了杜伦迪娜》（小说）
  【阿尔巴尼亚】伊斯梅尔·卡达莱 著　邹琰 译

- 《石头世界》（小说）
  【波兰】塔杜施·博罗夫斯基 著　杨德友 译

- 《权力之图的绘制者》（小说）
  【罗马尼亚】加布里埃尔·基富 著　林亭、周关超 译

- 《罗马尼亚当代抒情诗选》（诗歌）
  【罗马尼亚】卢齐安·布拉加等 著　高兴 译

第 二 辑

- 《我的疯狂世纪（第一部）》（传记）
  【捷克】伊凡·克里玛 著　刘宏 译

- 《我的疯狂世纪（第二部）》（传记）
  【捷克】伊凡·克里玛 著　袁观 译

- 《我的金饭碗》（小说）
  【捷克】伊凡·克里玛 著　刘星灿 译

- 《一日情人》（小说）
  【捷克】伊凡·克里玛 著　高兴、杜常婧 译

- 《终极亲密》（小说）
  【捷克】伊凡·克里玛 著　徐伟珠 译

- 《等待黑暗，等待光明》（小说）
  【捷克】伊凡·克里玛 著　杜常婧 译

- 《没有圣人，没有天使》（小说）
  【捷克】伊凡·克里玛 著　朱力安 译

- 《花园里的野蛮人》（散文）
  【波兰】兹比格涅夫·赫贝特 著　张振辉 译

- 《带马嚼子的静物画》（散文）
  【波兰】兹比格涅夫·赫贝特 著　易丽君 译

- 《海上迷宫》（散文）
  【波兰】兹比格涅夫·赫贝特 著　赵刚 译

- 《父辈书》（小说）
  【匈牙利】瓦莫什·米克罗什 著　许健 译

第三辑

- 《乌尔罗地》（散文）
  【波兰】切斯瓦夫·米沃什 著　韩新忠、闫文驰 译

- 《路边狗》（散文）
  【波兰】切斯瓦夫·米沃什 著　赵玮婷 译

- 《第二空间——米沃什诗选》（诗歌）
  【波兰】切斯瓦夫·米沃什 著　周伟驰 译

- 《无止境——扎加耶夫斯基诗选》（诗歌）
  【波兰】亚当·扎加耶夫斯基 著　李以亮 译

- 《捍卫热情》（散文）
  【波兰】亚当·扎加耶夫斯基 著　李以亮 译

- 《索拉里斯星》（小说）
  【波兰】斯塔尼斯瓦夫·莱姆 著　赵刚 译

- 《遗忘的梦境——查特·盖佐短篇小说精选》（小说）
  【匈牙利】查特·盖佐 著　舒荪乐 译

- 《流星——卡雷尔·恰佩克哲理小说三部曲》（小说）
  【捷克】卡雷尔·恰佩克 著　舒荪乐、蒋文惠、程淑娟 译

- 《神殿的基石——布拉加箴言录》（箴言）
  【罗马尼亚】卢齐安·布拉加 著　陆象淦 译

- 《十亿个流浪汉，或者虚无——托马斯·萨拉蒙诗选》（诗歌）
  【斯洛文尼亚】托马斯·萨拉蒙 著　高兴 译

第四辑

- 《耻辱龛》（小说）
  【阿尔巴尼亚】伊斯梅尔·卡达莱 著　吴天楚 译

- 《三孔桥》（小说）
  【阿尔巴尼亚】伊斯梅尔·卡达莱 著　施雪莹 译

- 《接班人》（小说）
  【阿尔巴尼亚】伊斯梅尔·卡达莱 著　李玉民 译

- 《绝对恐惧：致杜卞卡》（小说）
  【捷克】博胡米尔·赫拉巴尔 著　李晖 译

- 《严密监视的列车》（小说）
  【捷克】博胡米尔·赫拉巴尔 著　徐伟珠 译

- 《雪绒花的庆典》（小说）
  【捷克】博胡米尔·赫拉巴尔 著　徐伟珠 译

- 《温柔的野蛮人》（小说）
  【捷克】博胡米尔·赫拉巴尔 著　彭小航 译

- 《无常的夏天》（小说）
  【捷克】弗拉迪斯拉夫·万楚拉 著　张陟 译

- 《赫贝特诗集（上、下）》（诗歌）
  【波兰】兹比格涅夫·赫贝特 著　赵刚 译

- 《垃圾日》（小说）
  【匈牙利】马利亚什·贝拉 著　余泽民 译

第五辑

- 《壁画》（小说）
  【匈牙利】萨博·玛格达 著　舒荪乐 译

- 《鹿》（小说）
  【匈牙利】萨博·玛格达 著　余泽民 译

- 《两座城市：论流亡、历史和想象力》（散文）
  【波兰】亚当·扎加耶夫斯基 著　李以亮 译

- 《另一种美》（散文）
  【波兰】亚当·扎加耶夫斯基 著　李以亮 译

- 《思想的黄昏》（随笔）
  【罗马尼亚】埃米尔·齐奥朗 著　陆象淦 译

- 《着魔的指南》（随笔）
  【罗马尼亚】埃米尔·齐奥朗 著　陆象淦 译

- 《乌村幻影》（小说）
  【罗马尼亚】欧金·乌力卡罗 著　陆象淦 译

- 《裸浴场上的交响音乐会——罗马尼亚20世纪小说精选》（小说）
  【罗马尼亚】诺曼·马内阿等 著　高兴等 译

- 《我行走在你身体的荒漠——立陶宛新生代诗选》（诗歌）
  【立陶宛】阿纳斯·艾利索思卡斯等 著　叶丽贤 译

- 《魔鬼作坊》（小说）
  【捷克】雅辛·托波尔 著　李晖 译

第六辑

- **《简短，但完整的故事》**（小说）
  【波兰】斯瓦沃米尔·姆罗热克 著　茅银辉、方晨 译

- **《三个较长的故事》**（小说）
  【波兰】斯瓦沃米尔·姆罗热克 著　茅银辉、林歆、张慧玲 译

- **《挑衅》**（小说）
  【阿尔巴尼亚】伊斯梅尔·卡达莱 著　李焰明 译

- **《娃娃》**（小说）
  【阿尔巴尼亚】伊斯梅尔·卡达莱 著　张雯琴、宋学智 译

- **《天堂超市》**（小说）
  【匈牙利】马利亚什·贝拉 著　余泽民 译

- **《秘密生活》**（小说）
  【匈牙利】马利亚什·贝拉 著　余泽民 译

- **《蓝色阁楼寻梦》**（小说）
  【罗马尼亚】阿德里亚娜·毕特尔 著　陆象淦 译

- **《两天的世界（上、下）》**（小说）
  【罗马尼亚】乔治·伯勒伊泽 著　董希骁、Mara Arion 译

- **《生活边缘的女孩》**（小说）
  【罗马尼亚】米尔恰·格尔特雷斯库 著
  张志鹏、林慧芬、陈进、李昕 译

- **《希特勒金钱》**（小说）
  【捷克】拉德卡·德内玛尔科娃 著　姜蔚茜 译

· 部分书名为暂定，以出版时为准 ·

第七辑

- 《致爱丽丝》（小说）
  【匈牙利】萨博·玛格达 著　舒荪乐 译

- 《对欢乐史的贡献》（小说）
  【捷克】拉德卡·德内玛尔科娃 著　覃方杏 译

- 《患病的动物》（小说）
  【罗马尼亚】尼古拉·布列班 著　陆象淦 译

- 《去往巴巴达格》（游记）
  【波兰】安杰伊·斯塔修克 著　龚泠兮 译

- 《伊莎贝拉的中国情人》（小说）
  【斯洛伐克】爱莲娜·西德维格优娃 著　荣铁牛 译

- 《木屋旅馆》（小说）
  【阿尔巴尼亚】迪安娜·楚里 著　陈逢华 译

- 《迟来的莫扎特》（小说）
  【阿尔巴尼亚】巴什金·谢胡 著　李玉民 译

- 《弗拉迪米尔·霍朗诗歌精选集》（诗歌）
  【捷克】弗拉迪米尔·霍朗 著　徐伟珠 译

- 《瓦斯科·波帕诗选》（诗歌）
  【塞尔维亚】瓦斯科·波帕 著　彭裕超 译

- 《恰佩克散文精选集》（散文）
  【捷克】卡雷尔·恰佩克 著　徐伟珠 编译